W0411835

PENGUIN EDITION

Große Emotionen, große Dramen, große Abenteuer – von Austen bis Fitzgerald, von Flaubert bis Zweig. Ein Bücherregal ohne Klassiker ist wie eine Welt ohne Farbe.

Tania Blixen (1885–1962), eigentlich Karen von Blixen-Finecke, wurde nahe Kopenhagen geboren, studierte Kunst in Paris und Rom und ging 1914 mit ihrem Mann nach Kenia. Dort fand sie ihre zweite Heimat und blieb eineinhalb Jahrzehnte als Kaffeefarmerin. Ihr Memoirenband «Jenseits von Afrika» wurde zu einem Bestseller. Darüber hinaus bezauberte sie Leser in aller Welt mit einem reichen erzählerischen Werk, darunter «Babettes Gastmahl», nun in Erstübersetzung aus dem Dänischen.

«Eine ganz wunderbare kurze Geschichte der großen dänischen Autorin.» *Elke Heidenreich*

«Ein tolles, zeitloses Buch … tolle Übersetzung … lustig und gleichzeitig eine sehr klare, schöne und poetische Sprache.» *Jenny Friedrich-Freksa*

«Diese neue Version der Babette ist der deutlich reichere, opulentere und weitaus vollkommenere Text, der nun in Ulrich Sonnenbergs ebenso vollkommener und kongenialer Übersetzung vorliegt.» *Erik Fosnes Hansen*

Besuchen Sie uns auf www.penguin-verlag.de und Facebook.

Tania Blixen

BABETTES GASTMAHL

Erzählung

Aus dem Dänischen übersetzt
von Ulrich Sonnenberg

Nachwort von
Erik Fosnes Hansen

PENGUIN VERLAG

Die dänische Originalausgabe der Erzählung erschien 1958
unter dem Titel *«Babettes gæstebud»*.

Der Verlag behält sich die Verwertung des urheberrechtlich
geschützten Inhalts dieses Werkes für Zwecke des Text- und
Data-Minings nach § 44 b UrhG ausdrücklich vor.
Jegliche unbefugte Nutzung ist hiermit ausgeschlossen.

MIX
Papier | Fördert
gute Waldnutzung
FSC® C014496

Penguin Random House Verlagsgruppe FSC® N001967

1. Auflage 2024
Copyright © 2022 der deutschsprachigen Ausgabe by Manesse Verlag
in der Penguin Random House Verlagsgruppe GmbH,
Neumarkter Straße 28, 81673 München
Umschlaggestaltung: Regg Media in Adaption der traditionellen
Penguin-Classics-Triband-Optik aus England
Satz: Greiner & Reichel GmbH
Druck und Bindung: GGP Media GmbH, Pößneck
Printed in Germany
ISBN 978-3-328-11138-2
www.penguin-verlag.de

Dieses Buch ist auch als E-Book erhältlich.

Zwei Schwestern

In Norwegen gibt es einen langen, engen Fjord zwischen hohen Bergen, den Berlevaag Fjord. Am Fuß der Berge liegt Berlevaag wie das Spielzeugdorf eines Kindes aus kleinen Holzklötzchen, die in Grau, Gelb, Weiß, Rosa und vielen anderen Farben bemalt sind.

Vor fünfundsechzig Jahren lebten in einem der kleinen gelben Häuser zwei Schwestern, die ihre erste Jugend längst hinter sich gelassen hatten. Es gab zu dieser Zeit Damen in Berlevaag, die mit Tournüren ausgingen, und die beiden Schwestern hätten sie ebenso anmutig tragen können wie irgendeine dieser Damen, denn beide waren groß, schlank und graziös. Und doch hatten sie ihr Dasein in glücklicher Unwissenheit über die Gebote und die Tyrannei der Mode verbracht, ja, überhaupt über deren Existenz, und waren ehrbar und still in Grau und Schwarz durchs Leben gegangen. Getauft waren sie auf die Namen Martine und Philippa, nach

Martin Luther und seinem Freund Philipp Melanchthon. Ihr Vater war Propst und ein Prophet gewesen, Gründer einer frommen und strengen kirchlichen Bewegung, die im ganzen Land bekannt und geachtet, wenngleich auch ein wenig gefürchtet war. Die Anhänger seiner Kirche entsagten den irdischen Freuden, der Welt und all dem, was ihr zugehörte. All dies schienen ihnen nur Trugbilder zu sein, und das wirkliche Wahre, dem sie aus tiefstem Herzen entgegenstrebten, war das Neue Jerusalem. Sie missbrauchten den Namen des Herrn nicht, ihre Rede war ja, ja und nein, nein, und sie nannten einander Brüder und Schwestern.

Der Propst hatte spät geheiratet und war nun schon lange glücklich heimberufen und heimgekehrt. Und seine Jünger wurden mit jedem Jahr weniger, schwerhöriger, weißhaariger oder kahler. Ja, es kam vor, dass sie auch ungeduldiger und aufbrausender wurden und es zu betrüblichem Streit und Unstimmigkeiten in der Gemeinde kam. Und doch trafen sie sich noch immer, um die Worte des Herrn zu lesen und auszulegen und sich an ihren Meister zu erinnern. Sie alle hatten die Töchter des Pastors von Geburt an gekannt und betrachteten sie noch immer als ihre kleinen Schwestern, die ihnen nicht nur um ihres Vaters Willen teuer und lieb waren. Bei ihnen, in dem kleinen gelben Haus, in dem unverändert Frieden und Eintracht herrschte, spürten die Alten den Geist ihres Meisters.

Die beiden Pastorentöchter hatten ein französisches Dienstmädchen mit dem Namen Babette. Dieser Umstand mag sonderbar erscheinen bei zwei sich der Welt entsagenden alten Jungfern in einem kleinen norwegischen Fjorddorf, sodass eine Erklärung erforderlich ist. Die Menschen in Berlevaag fanden diese Erklärung in der Herzensgüte und tiefen Frömmigkeit der Schwestern. Denn die alten Töchter des Propstes widmeten bedenkenlos und ohne sich dessen zu rühmen all ihre Zeit und ihre gesamten bescheidenen Renteneinkünfte den Armen und Unglückseligen dieser Welt; niemals klopfte eine bekümmerte oder notleidende Seele vergeblich an ihre Tür. Und Babette war vor vierzehn Jahren als ein gejagter Flüchtling an diese Tür gekommen, beinahe wahnsinnig vor Kummer und Angst.

Die tatsächliche und eigentliche Erklärung für Babettes Anwesenheit im Haus der beiden Schwestern lag indes mehr als vierzehn Jahre zurück und war weit tiefer in der verborgenen Welt des Herzens zu finden.

Martines Verehrer

Als junge Mädchen waren Martine und Philippa geradezu außergewöhnlich hübsch gewesen, von einer Schönheit der gleichsam leuchtenden, beinahe überirdischen Art wie die blühenden Obstbäume und der ewige Schnee. Man sah sie weder bei Festen noch Tanzvergnügungen, aber die Menschen drehten sich auf der Straße nach ihnen um, und die jungen Männer in Berlevaag besuchten den Gottesdienst, um zu sehen, wie die beiden durch die Kirche schritten. Die jüngere Schwester hatte zudem die hübscheste Stimme, die am Sonntag die Kirche mit Wohlklang erfüllte.

Die irdische Liebe wie auch die Ehe waren für die Gemeinde des Propstes Begriffe ohne größere Bedeutung, menschliche Illusionen. Und doch darf man getrost annehmen, dass mehr als einer der älteren Brüder diese Jungfrauen für weit wertvoller hielt als Perlen und Edelsteine, und bestimmt hatten sie es ihrem Vater auch zu verstehen gegeben. Der Propst jedoch hatte erklärt, seine Töchter würden ihm in seinem Amt die rechte und die linke Hand bedeuten, und wem könnte es wohl einfallen, ihn seiner Hände zu berauben? Die hübschen jungen Mädchen waren im Licht der himmlischen Liebe aufgewachsen und gänzlich davon erfüllt, ihnen bedeuteten die weltlichen Flammen nichts.

Und doch war es geschehen, dass sie zwei Herzen bewegt und beunruhigt hatten; sie hatten in zwei Schicksale aus der großen Welt außerhalb von Berlevaag eingegriffen.

Es gab einen jungen Offizier, der Lorens Löwenhielm hieß und in seiner Garnisonsstadt ein munteres Leben geführt hatte. Er hatte sich so tief verschuldet, dass er sich seinem Vater gegenüber offenbaren musste. Im Jahr 1854, als Martine achtzehn und Philippa siebzehn Jahre alt waren, schickte der aufgebrachte Vater ihn zu einem dreimonatigen Besuch zu seiner alten Tante auf ihr Gut Fossum in der Nähe von Berlevaag, wo er Zeit genug hätte, seinen Lebensstil zu überdenken und sich zu bessern.

Eines Tages ritt er in die Stadt und begegnete Martine auf dem Marktplatz. Er schaute auf die hübsche junge Frau herab, und sie sah zu dem kecken Reiter hinauf. Als sie an ihm vorbei durch die Tür des Propsthauses gegangen war, beschlich ihn das Gefühl, seinen Augen nicht mehr trauen zu können.

In der Familie Löwenhielm gab es die Überlieferung, dass ein männliches Mitglied der Familie vor einigen Hundert Jahren eine Elfe geheiratet hatte, einen weiblichen norwegischen Berggeist, die so hübsch war, dass die Luft um sie herum zitterte und bebte. Seither hatten die Mitglieder der Familie von Zeit zu Zeit Erscheinungen. Der junge Lorens hatte bisher allerdings keine besonderen seelischen Kräfte an sich bemerkt. Doch in diesem Moment stand vor seinem Blick plötzlich die machtvolle Offenbarung eines höheren und reineren Daseins, ohne Zahlungsaufforderungen oder väterliche Ermahnungen, ohne heimliche Schuld oder Gewissensqualen, sondern mit einem sanften Engel mit goldenen Haaren an seiner Seite, um ihn auf den rechten Pfad zu bringen und zu belohnen. Mithilfe seiner gottesfürchtigen Tante verschaffte er sich Zugang zum Haus des Propstes und sah, dass Martine ohne den großen Hut mit den Kinnbändern noch anmutiger war. Er folgte ihrer schlanken Gestalt mit anbetenden Blicken, verspürte aber eine unerwartete, nie zuvor erlebte Verachtung, geradezu einen Abscheu vor der Figur, die er selbst in ihrer Nähe abgab. Er war verblüfft, ja sprachlos bei dem Gefühl, dass ihm nichts einfiel, was er zu ihr sagen sollte, und das Glas Wasser, das ihm am Tisch des Propstes eingeschenkt wurde, lieferte keinerlei Inspiration.

«Barmherzigkeit und Wahrheit begegnen einander, liebe Brüder», sagte der Propst. «Gerechtigkeit und Freude sollten sich küssen.» Und die Gedanken des jungen Mannes verweilten bei dem Augenblick, wenn er und Martine sich küssen würden.

Er wiederholte seine Besuche wieder und wieder, und es schien ihm, als würde er mit jedem Mal kleiner, unbedeutender und elender. Wenn er am Abend zu seinem hübschen Zimmer auf Fossum heimgeritten war, trat er seine glänzenden Reitstiefel in die Ecke, ja es kam vor, dass er den Kopf auf den Tisch legte und weinte.

Am allerletzten Tag seiner Verbannung unternahm er einen allerletzten Versuch, Martine seine Gefühle zu offenbaren. Bisher war es ihm immer leicht gefallen, ein hübsches Mädchen davon zu überzeugen, dass er sie liebe, nun blieben ihm die glühenden Worte, die tiefer in seinem Herzen saßen als alle

Liebeserklärungen jemals zuvor, im Halse stecken, als er in ihr jungfräuliches Gesicht sah.

Er hatte in der Stube des Propstes Lebewohl gesagt, und Martine begleitete ihn mit einer Kerze in der Hand zur Tür; der Schein fiel auf ihren Mund, und ihre langen Wimpern warfen Schatten auf ihre Stirn. Schon wollte er in stummer Verzweiflung aufbrechen, als er plötzlich allen Mut zusammennahm, ihre Hand zu ergreifen und an seine Lippen zu pressen.

«Ich gehe nun für immer fort», flüsterte er, «und ich werde Sie nie, niemals wiedersehen. Denn hier habe ich gelernt, dass das Schicksal hart und unerbittlich ist und es in dieser Welt Dinge gibt, die unmöglich sind.»

Als er in seine Garnisonsstadt zurückkehrte, änderte sich der Charakter seiner Abenteuer, und er bemerkte, dass ihm der Gedanke an seine früheren Ausschweifungen nicht behagte. Wenn die anderen jungen Offiziere sich über ihre Liebesaffären unterhielten, erzählte er nicht von seiner eigenen. Denn von der Offiziersmesse aus gesehen, sozusagen mit den Augen seiner Kameraden betrachtet, war es eine traurige Geschichte. Wie konnte es angehen, dass ein Leutnant der Husaren sich von einem kleinen, einfältigen, gottesfürchtigen Kreis rund um einen bescheidenen Abendbrottisch aus dem Felde hatte schlagen und vernichten lassen?

Der Gedanke beunruhigte ihn, Lorens wurde, als er ihm nicht aus dem Kopf gehen wollte, beinahe von Panik ergriffen. Gab es doch Wahnsinn in seiner Familie, durch den er fortwährend das Traumbild einer so holden Jungfrau mit sich herumschleppte, dass die Luft um sie herum vor Reinheit und Frömmigkeit zitterte? Er wollte kein Träumer, er wollte wie seine Offizierskameraden sein.

Lorens Löwenhielm riss sich zusammen und beschloss in der größten Anstrengung seines jungen Lebens, zu vergessen, was ihm in Berlevaag widerfahren war. Von nun an, so entschied er, wollte er nach vorn und nicht zurück blicken. Er wollte all seine Energie auf seine Karriere konzentrieren, und der Tag sollte kommen, an dem er in einer glänzenden Welt eine glänzende Figur abgeben würde.

Seine Mutter war zufrieden mit dem Resultat seines Besuches auf Fossum und drückte ihre Dankbarkeit in einem Brief an seine Tante aus. Sie ahnte nicht, auf welch merkwürdig gewundenen Pfaden ihr Sohn seinen hohen moralischen Standpunkt erreicht hatte.

Der ehrgeizige junge Offizier, der in der Dunkelheit der Nacht hin und wieder aufs Neue von seiner Furcht vor einem Traum getrieben wurde, erregte bald die Aufmerksamkeit seiner Vorgesetzten und kam ungewöhnlich rasch voran. Er wurde nach Frankreich und Russland entsandt, und nach seiner Heimkehr heiratete er eine der Hofdamen Königin Sophias. In den höheren Kreisen, in die sie ihn einführte, fühlte er sich zu Hause, zufrieden mit sich und seiner Umgebung. Im Laufe der Zeit kamen ihm sogar die Worte und Redewendungen aus dem Heim des Propstes zugute, denn der Ton bei Hofe war zu dieser Zeit sehr gottesfürchtig.

Im Haus des Propstes in Berlevaag kam Philippa bisweilen auf den strahlenden, merkwürdig wortkargen jungen Mann zu sprechen, der plötzlich aufgetaucht und ebenso plötzlich wieder verschwunden war. Ihre ältere Schwester antwortete ihr dann freundlich wie immer mit einem ruhigen und klaren Gesichtsausdruck und lenkte das Gespräch auf andere Themen.

Philippas Verehrer

Ein Jahr später kam eine noch bedeutendere Persönlichkeit als Leutnant Löwenhielm nach Berlevaag.

Der große Sänger Achille Papin aus Paris hatte ein vierzehntägiges Gastspiel an der Königlichen Oper in Stockholm gegeben und dort wie überall sein Publikum begeistert. Eines Abends hatte eine der Damen des Hofes, deren tiefste romantische Gefühle der Künstler geweckt hatte, ihm Norwegens wilde, großartige Natur beschrieben. Seine eigene romantische Seele entflammte bei ihrer Beschreibung, und er entschloss sich auf der Heimreise nach Frankreich zu einem Umweg über die norwegische Küste. Allerdings fühlte er sich, unerwartet, ganz klein in dieser mächtigen Umgebung, und er hatte niemanden, mit dem er darüber sprechen konnte, was ihn ergriff und bewegte. So etwas hatte er noch nie erlebt. Er versank in Melancholie und sah sich selbst mit fürchterlicher Klarheit als einen alten Mann am Ende seiner künstlerischen

Laufbahn – bis er eines Sonntags, als ihm nichts anderes einfallen wollte, in die Kirche ging und dort Philippa singen hörte.

Da, in einem einzigen Moment, wusste und verstand er alles. Denn hier wurden die schneebedeckten Gipfel, die wilden Blumen und die helle nordische Sommernacht übersetzt in seine eigene Sprache: die Musik – und dargebracht von einer jungen Frauenstimme. Wie Lorens Löwenhielm wurde ihm eine Offenbarung zuteil.

«Allmächtiger Gott», dachte er. «Deine Barmherzigkeit reicht bis in den Himmel, und deine Gerechtigkeit bis in die Tiefen der Meere! Hier ist eine Diva, der Paris zu Füßen liegen wird.»

Achille Papin war zu dieser Zeit ein ansehnlicher Mann von vierzig Jahren, mit schwarz gelockten Haaren und einem roten Mund. Die Verehrung von ganz Europa hatte ihm nicht geschadet, er war ein empfindsamer und sich selbst gegenüber ehrlicher Mensch geblieben.

Er ging direkt zum Haus des Propstes, präsentierte seine große hübsche Visitenkarte – der Name sagte dem alten Pastor überhaupt nichts – und erklärte, er würde sich seiner Gesundheit wegen eine Zeit lang in Berlevaag aufhalten und wäre glücklich, wenn er die junge Dame solange als seine Schülerin unterrichten dürfe. Die Große Oper in Paris erwähnte er nicht, sondern hielt sich lange mit der Beschreibung auf, wie hübsch Philippa in der Kirche zu Ehren des guten Gottes singen würde.

Es gab einen gefährlichen Augenblick in dem Gespräch, denn als der Propst ihn fragte, ob er Papist sei, antwortete er rasch und freimütig und wahrheitsgetreu, ja. Und der alte Mann, der noch nie einen lebendigen Papisten gesehen hatte, wurde bleich. Und doch setzte er die Unterhaltung fort, denn dem Propst bot sich die willkommene Gelegenheit, Französisch sprechen zu können; er hatte es in seiner Jugend gelernt, als er die Werke des großen protestantischen französischen Schriftstellers Lefèvre d'Etaples studiert hatte. Und da niemand Achille Papin lange widerstehen konnte, wenn er sich ernsthaft entschlossen hatte, jemanden zu betören und zu siegen, erteilte der Vater dem Vorhaben schließlich seinen Segen. «Die Wege des Herrn», sagte er zu seiner Tochter, «gehen über die Wogen des Meeres und über die schneebedeckten Berge, auf denen ein menschliches Auge keinen Pfad erkennen kann.»

So kam es, dass der große französische Sänger und das mit der Welt so unbekannte Mädchen in Berlevaag miteinander arbeiteten. Achilles Hoffnung wurde zur Gewissheit und seine Gewissheit zur Seligkeit. Er dachte: «Ich irrte, als ich dachte, ich würde allmählich alt. Meine größten Triumphe liegen noch vor mir. Die Welt wird noch einmal das Wunder erkennen, wenn sie und ich zusammen singen.»

Nach einiger Zeit fiel es ihm indes doch zu schwer, seine Träume für sich zu behalten, er musste sich Philippa anvertrauen.

Wie ein Stern, sagte er, wie ein Stern würde sie sich über alle großen Sängerinnen der Vergangenheit und Gegenwart erheben. Der Kaiser und die Kaiserin, die schönen und vornehmen Damen von Paris und ihre Belesprits würden ihr zuhören und Tränen vergießen. Auch das gewöhnliche Volk würde sie anbeten, sie würde den Benachteiligten und Unterdrückten Trost und Stärke bringen. Wenn sie am Arm ihres Gesangslehrers die Große Oper verließ, würden die Leute die Pferde ihrer Kutsche ausspannen und sie selbst zum «Café Anglais» ziehen, wo ein unvergleichliches, echt französisches

Souper und die ausgesuchteste, geistreichste Gesellschaft sie erwarteten.

Philippa verschwieg diese Zukunftsaussichten ihrem Vater und ihrer Schwester, es war das erste Mal in ihrem Leben, dass sie ihnen etwas verheimlichte.

Als Nächstes begann der Lehrer mit seiner Schülerin Zerlinas Partie aus Mozarts Oper «Don Giovanni» einzustudieren. Er selbst sang, wie schon so oft, den Don Giovanni.

Doch niemals hatte er so gesungen wie jetzt. Beim Duett im zweiten Akt – dem sogenannten Verführungsduett – ließen ihn die himmlische Musik und die himmlischen Stimmen den Kopf verlieren. Als der letzte schmelzende Ton dahinstarb, ergriff er Philippas Hände, zog sie an sich und küsste sie feierlich, wie ein Bräutigam seine Braut vor dem Altar küsst. Dann ließ er sie gehen. Denn der Augenblick war zu erhaben für weitere Worte oder Taten, Mozart selbst sah von seinem Himmel auf ihn und Philippa herab.

Philippa ging heim und bat ihren Vater, Monsieur Papin zu schreiben, dass sie keine weiteren Gesangsstunden wünsche.

Der Propst sagte: «Die Wege des Herrn, mein Kind, gehen auch durch die Flüsse.»

Als Achille Papin den Brief des Propstes erhalten hatte, saß er eine Stunde regungslos da. Er dachte: «Ich habe mich geirrt. Meine Zeit ist vorbei. Niemals werde ich wieder der göttliche Papin sein. Und der armselige Garten dieser Welt mit seinen Disteln und Dornen hat seine Nachtigall verloren.»

Etwas später dachte er: «Gott allein weiß, was in dieses Mädchen gefahren ist. Habe ich sie etwa geküsst?»

Und noch etwas später beendete er seinen Gedankengang: «Ich habe mein Leben für einen Kuss verloren, und ich habe überhaupt keine Erinnerung an diesen Kuss. Don Giovanni küsste Zerlina, und Achille Papin bezahlt dafür. So ist des Künstlers Schicksal.»

Im Haus des Propstes spürte Martine, dass die Angelegenheit ernster war, als es den Anschein hatte; sie blickte ihrer Schwester forschend ins Gesicht. Einen Augenblick fragte auch sie sich mit einem leichten Schaudern, ob der papistische Herr wohl versucht haben könnte, Philippa zu küssen. Sie konnte sich nicht vorstellen, dass ihre Schwester über etwas in ihrem eigenen Wesen so überrascht und erschrocken sein könnte.

Achille Papin reiste mit dem erstbesten Schiff aus Berlevaag ab.

Die Schwestern sprachen kaum über diesen Gast aus der großen Welt. Ihnen fehlten dafür die richtigen Worte.

Ein Brief aus Paris

Sechzehn Jahre später, in einer Regenwetternacht im Juni 1871, wurde drei Mal kräftig am Glockenstrang des kleinen gelben Hauses gezogen, in dem die Schwestern nun wohnten. Die Bewohnerinnen des Hauses öffneten einer stattlichen, dunklen, leichenblassen Frau mit einem Reisesack die Tür. Sie starrte sie an, trat einen Schritt vor und sank ohnmächtig auf die Türschwelle nieder. Nachdem die erschrockenen Schwestern alles unternommen hatten, dass sie wieder zu sich gekommen war, setzte sie sich auf, warf ihnen erneut einen tiefen Blick aus ihren eingesunkenen Augen zu, suchte, noch immer ohne ein Wort, etwas in ihrer nassen Kleidung und zog einen Brief heraus, den sie ihnen überreichte.

Der Brief sah fremdartig aus, er war an sie adressiert, doch auf Französisch geschrieben. Mit eng zusammengesteckten Köpfen lasen die beiden Schwestern ihn im Licht der kleinen Petroleumlampe. Er lautete folgendermaßen:

Mesdames!

Darf ich zu glauben wagen, dass Sie sich noch an mich erinnern? Oh! Wenn ich an Sie denke, ist mein Herz von Maiglöckchen erfüllt! Wird nun die Erinnerung an die sterbliche Hingabe eines Franzosen Ihre eigenen Herzen bewegen, eine französische Frau vor dem Tod zu bewahren?

Die Unglückliche, die diesen Brief Ihren Händen übergibt, Madame Babette Hersant, hat – wie meine schöne Kaiserin auch – aus Paris flüchten müssen. Dieser furchtbare Bürgerkrieg hat in unseren Straßen gewütet, französische Hände haben französisches Blut vergossen! Die edlen Kommunarden, die Zeugen der Gerechtigkeit, die für die Verteidigung der Menschenrechte aufstanden, wurden geschlagen und vernichtet. Madame Hersants Ehemann und Sohn, die beide hervorragende Damenfriseure waren, wurden wie Ratten erschossen. Sie selbst wurde als Pétroleuse verhaftet (ein Ausdruck, der für Frauen verwendet wird, die Häuser mit Petroleum anzünden) und konnte nur mit Müh und Not General Galliffets blutbesudelten Händen entkommen. Alles, was sie im Leben besaß, hat sie verloren; sie wagt nicht, in Frankreich zu bleiben!

Ihr Neffe Pierre arbeitet als Koch auf dem Schiff «Anna Colbjørnsen», dessen Route nach Christiania führt (wenn meine Erinnerung mich nicht trügt, handelt es sich um Norwegens Hauptstadt). Er hat seiner Tante eine Schiffspassage dorthin verschafft. Dies ist nun ihr letzter, verzweifelter Ausweg.

Da sie weiß, dass ich einst, viel zu kurz, Gast in Ihrem großartigen Vaterland war, kommt sie nun zu mir, fragt, ob es gute Menschen in Norwegen gibt, und bittet mich, ihr in diesem Fall einen Brief für sie mitzugeben. Die beiden schönen Worte «gute Menschen» lassen wie durch einen Zauberschlag

Ihr Bild, das Heiligtum meines Herzens, vor meinem Blick erscheinen. Ich überantworte Ihnen hiermit ein Menschenleben. Wie sie von Christiania nach Berlevaag kommen soll, weiß ich nicht, da ich mich an den Verbleib meiner Landkarte von Norwegen nicht entsinnen kann. Aber sie ist eine echte französische Frau, und Sie werden sehen, dass sie trotz ihres Unglücks ihre Entschlossenheit, ihre Majestät und ihren wahren Stoizismus bewahrt hat.

Ich beneide sie in ihrem Elend und ihrem Ausgestoßensein – sie darf Ihre Gesichter sehen!

Wenn Sie sie mit Barmherzigkeit aufnehmen, senden Sie doch auch einen barmherzigen Gedanken zurück nach Frankreich.

Sechzehn Jahre, Mademoiselle Philippa, habe ich die harte Bestimmung des Schicksals beweint, dass Ihre Stimme niemals die Große Oper in Paris erfüllt hat. Wenn ich nun heute Abend an Sie denke – geehrt und wertgeschätzt von vielen, umgeben von einer munteren, liebevollen Kinderschar – und an mich selbst – einen einsamen, aschgrauen Mann, vergessen von denen, die mir einst zujubelten und mich verehrten –, da fühle ich, dass Sie im Leben den besseren Teil gewählt haben. Was ist Ruhm? Was sind Aufzüge? Das Grab erwartet uns alle.

Und doch, meine verlorene Zerlina, und doch, Du singender Schwan des Schnees! Indem ich diese Zeilen schreibe, spüre ich mit der Gewissheit des Herzens, dass das Grab nicht das Ende ist. Im Paradies wird Ihre Stimme wieder zu hören sein! Dort werden Sie singen, ohne Furcht oder Skrupel, so wie es Gottes Wille war, dass Sie singen sollen. Dort sind Sie auf ewig die große Künstlerin, die Sie nach Gottes Willen sein sollten. Oh! Wie Sie die Engel entzücken werden!

Babette kann kochen.

Empfangen Sie, Mesdames, einen Gruß von dem Freund, der einst Achille Papin war.

Ganz unten auf der Seite waren wie ein Postskriptum die beiden ersten Takte des Duetts zwischen Don Giovanni und Zerlina sehr zierlich mit der Hand aufgezeichnet:

Die beiden Schwestern hatten bisher nur ein kleines fünfzehnjähriges Dienstmädchen als Hilfe in ihrem Haus, und sie hatten das Gefühl, als könnten sie es sich auf keinen Fall leisten, eine gelernte Haushälterin anzustellen. Doch Babette erklärte, sie würde Monsieur Papins guten Menschen ohne irgendeinen Lohn dienen, und sie würde auch nicht in die Dienste von irgendjemand anderem treten. Würde sie fortgeschickt, müsste sie sterben.

Vierzehn Jahre blieb Babette in dem gelben Haus, bis zu der Zeit, in der diese Geschichte spielt.

Das alltägliche Leben

Babette hatte Berlevaag verhärmt und verzweifelt erreicht, mit den verstörten Augen eines gejagten Tiers, doch in der neuen freundlichen und ruhigen Umgebung nahm sie schon bald das durch und durch respektable und hoch angesehene Aussehen einer Hausangestellten an. Sie war als Bettlerin verkleidet gekommen, doch sie erwies sich als Eroberin. Ihr energischer, durchdringender Blick hatte eine magnetische Kraft, unter dem alles bereitwillig und geräuschlos seinen rechten Platz einnahm.

Die beiden Propsttöchter hatten, ähnlich wie ihr Vater, zunächst ein wenig gebebt bei dem Gedanken, eine Papistin unter ihr Dach zu lassen. Sie waren jedoch weit davon entfernt, einen hart geprüften Mitmenschen mit Katechese zu quälen, außerdem waren sie nicht ganz sicher, ob ihr Französisch einer derartigen Aufgabe gewachsen sein würde. Stillschweigend verständigten sie sich darauf, dass die Kraft des Beispiels einer richtigen und wahren lutherischen Lebensweise das beste Mittel wäre, ihre Hausgenossin auf den rechten Weg zu führen. So war Babettes Anwesenheit im Haus gleichsam ein moralischer Ansporn für dessen Bewohnerinnen.

Zunächst hatten sie auch Monsieur Papins Versicherung misstraut, Babette könne kochen. In Frankreich, das wussten sie, aß man Frösche. Sie erklärten Babette sehr genau, wie man Stockfisch und Brotsuppe zubereitet, und demonstrierten ihr, wie man dabei vorzugehen hatte, und der Gesichtsausdruck der Französin blieb während der Demonstration vollkommen nichtssagend. Doch im Laufe einer Woche bereitete sie Stockfisch und Brotsuppe ebenso gut zu wie irgendeine in Berlevaag geborene und aufgewachsene Frau.

Die beiden Schwestern erinnerten sich nun auch daran, beinahe ängstlich oder voller Grauen, was sie über den gewissenlosen Luxus und die Verschwendungssucht in Paris gehört hatten. Sie riefen Babette zu sich und erklärten ihr, Wohlleben sei in ihren Augen eine große Sünde. Das Essen auf ihrem eigenen Tisch sollte so einfach und bescheiden wie möglich sein, es bedeutete ihnen rein gar nichts; weitaus bedeutender und wichtiger wären die Suppenschüsseln und die Körbe mit Speisen für ihre Armen. Zum Zeichen, dass sie es verstanden hatte, nickte Babette. Als junges Mädchen, so erzählte sie ihren beiden Fräulein, hatte sie in der Küche eines alten Bischofs gearbeitet, der ein Heiliger gewesen war. Insgeheim beschlossen die Schwestern sofort, den französischen Bischof an Frömmigkeit und Genügsamkeit zu übertreffen. Sie hatten ja nicht geglaubt und glaubten es auch später nicht, dass ein Mensch wie Babette Wunder bewirken konnte, und doch waren sie in der Folgezeit erstaunt, wie viel Geld mit Babettes Übernahme der Haushaltsführung in ihrer kleinen Kasse blieb und welch merkwürdige Kräfte und fördernde Heilwirkungen ihre Suppenschüsseln und Körbe entfalteten.

Auch außerhalb des gelben Hauses musste die Welt Babettes Fähigkeiten und Macht zur Kenntnis nehmen. Zwar lernte sie nie, die Sprache ihrer neuen Heimat vollkommen fehlerfrei zu sprechen, doch in ihrem gebrochenen Norwegisch meisterte sie Berlevaags alte gerissene Händler und stach sie unnachsichtig aus. Sie war an den Kuttern im Hafen ebenso gefürchtet wie an den Buden auf dem Markt.

Auch die alten Brüder und Schwestern der Gemeinde, die anfangs beunruhigt waren über die Anwesenheit dieser dunklen, schweigsamen ausländischen Frau in ihrer Mitte, bemerkten schon bald eine glückliche Veränderung im Alltag ihrer lieben kleinen Schwestern und freuten sich darüber. Denn waren nicht alle häuslichen Sorgen und Mühen gleichsam wie fortgezaubert aus Martines und Philippas Dasein, sodass die Töchter des Propstes stets Zeit hatten, den vertraulichen Mitteilungen ihrer alten Freunde und deren Sorgen um die Unsterblichkeit ihrer Seele zuzuhören und mit ihnen über die himmlischen Angelegenheiten zu sprechen? Niemand musste nun mehr gegen seine eigene Natur und Neigung Marthas Rolle einnehmen, im Laufe der Jahre fiel ein immer feinerer und reicherer Glanz auf die beiden bescheidenen Marias. Mit der Zeit schlossen viele ihrer Freunde Babette in ihr Abendgebet ein und dankten dem Herrn für die seltsame Fremde, die dieses Licht beschirmte und schützte. Der Stein, den die Baumeister gern verworfen hätten, war zu einem wesentlichen Eckstein geworden.

Nur die Schwestern in dem gelben Haus selbst wussten, dass von diesem schweren Eckstein etwas Mystisches und Beunruhigendes ausging, als wäre er verwandt mit der Kaaba, dem schwarzen Stein in Mekka.

Babette sprach selten über ihre Vergangenheit. Wenn die Schwestern in der ersten Zeit ihre Anteilnahme an Babettes Unglück sanft zum Ausdruck bringen wollten, so waren sie auf all den Stoizismus und die Majestät gestoßen, von der Monsieur Papin in seinem Brief gesprochen hatte. «Ja, was soll man da sagen, meine lieben Damen?», meinte sie nur und zuckte die Achseln. «Das ist Schicksal.»

Eines Tages jedoch erzählte sie ihnen, beinahe beiläufig, dass sie viele Jahre in der französischen Lotterie gespielt und eine treue Freundin in Paris ihren Lotterieschein immer wieder erneuert habe. Sie könnte, so sagte sie, Glück haben und das große Los von zehntausend Franc gewinnen. Von diesem Tag an hatten die beiden Schwestern das Gefühl, als sei der Reisesack ihrer Köchin aus dem fliegenden Teppich der Märchen genäht; wenn sie wollte, könnte sie sich darauf setzen und zurück nach Paris entschwinden.

Es kam vor, dass Martine und Philippa mit Babette sprachen, ohne eine Antwort zu bekommen, sodass sie sich selbst fragen mussten, ob sie überhaupt gehört hatte, was sie sagten. Bisweilen fanden sie Babette auch in der Küche, die Ellenbogen auf dem Küchentisch und das Gesicht in den Händen, vollkommen verloren für die Welt, bei der Lektüre eines dicken schwarzen Buches, bei dem die Schwestern den Verdacht hegten, es handele sich um ein papistisches Gebetbuch. Auch saß sie manchmal reglos auf dem dreibeinigen Küchenschemel, dann lagen ihre starken Hände in ihrem Schoß, und sie starrte mit zwei weit aufgerissenen Augen vor sich hin – so rätselhaft und schicksalsschwanger wie eine Pythia auf ihrem Dreifuß. In solchen Momenten verstanden sie, dass es tief, sehr tief in Babettes Innerem Untiefen und Klippen gab, durch die sich Erinnerungen, Leidenschaften und Sehnsüchte zogen, von denen sie überhaupt nichts wussten. Dann durchfuhr sie ein leichtes Schaudern, und in ihren Herzen dachten sie: «Vielleicht ist sie ja doch eine Pétroleuse gewesen.»

Babettes großer Gewinn

Am 15. Dezember hätte der alte Propst seinen einhundertsten Geburtstag gefeiert.

Seine Töchter machten sich lange schon Gedanken über diesen Tag. Sie wollten ihn gern so feierlich begehen, als weile ihr lieber Vater noch immer unter seiner Gemeinde. Es bereitete ihnen Kummer, ja allergrößten Kummer, der sie seit vielen Jahren umtrieb, dass sich ausgerechnet im letzten Jahr hässliche Missgunst und Zwietracht unter seinen Jüngern breitgemacht hatten. Sie hatten versucht, Frieden zu stiften, spürten aber, dass sie zurückgewiesen wurden. Es schien, als habe sich ihr Vater immer weiter von seinen Kindern entfernt, als sei die liebenswerte Kraft seines Wesens in der Gemeinde verdampft, so wie Hoffmannstropfen in einer Flasche verdunsten, wenn man sie ohne Korken stehen lässt. Und sein Hinscheiden hatte Dingen einen Spaltbreit die Tür geöffnet, die die beiden Schwestern, die sehr viel jünger waren als seine eigentlichen Anhänger, selbst nicht kannten und von denen sie bislang nichts wussten, deren Nähe sie nun aber als unheimlich wahrnahmen. Aus einer ein halbes Jahrhundert zurückliegenden Vergangenheit, als die Schafe noch ohne Hirten und Herde im Gebirge umherirrten, drängten hinter den Erbauung Suchenden ungebetene Gäste durch diesen Türspalt. Die eigenen Sünden der alten Brüder und Schwestern meldeten sich mit später, peinigender Reue wie ein Zahnschmerz, und voll bitteren Grolls dachten sie auch an das Unrecht, das ihnen von anderen Glaubensgenossen angetan worden war, es kam einer Vergiftung gleich.

So gab es in der Gemeinde zwei alte Frauen, die sich vor ihrer Bekehrung übel verleumdet und dadurch eine gute Ehe und ein Erbe ruiniert hatten. In ihrem hohen Alter wussten sie nicht mehr so recht, was in den letzten Tagen passiert war, doch an die Ereignisse vor vierzig Jahren erinnerten sie sich ganz genau und gingen jedes Mal die alte Rechnung durch, wenn sie sich scheel anblickten. Und es gab einen alten Bruder, dem plötzlich einfiel, dass ein Mitbruder ihn einst bei einem Handel übers Ohr gehauen hatte. Eigentlich hätte er diese dunkle Episode aus der Vergangenheit gern vergessen, doch es gelang ihm nicht, zu tief saß sie wie ein eingewachsener Splitter in seinem Gemüt. Ein grauhaariger, braver Schiffer und eine runzlige, fromme Witwe hatten im Frühling ihrer Jugend, obwohl sie mit einem jeweils anderen verheiratet waren, ein Verhältnis gehabt. In jüngster Zeit nun hatten sie angefangen, sich darüber zu grämen und sich gegenseitig die Schuld zuzuschieben, sie ängstigen sich bei dem Gedanken an die Folgen, die es für sie selbst oder den anderen in einem zukünftigen Leben haben könnte. Bei den Zusammenkünften in dem gelben Haus vermieden sie es, sich in die Augen zu sehen.

Als der Festtag nun näher rückte, spürten Martine und Philippa, wie die Verantwortung mit jedem Tag schwerer auf ihren Schultern lastete. Würde ihr stets treuer Vater in die Stube seiner Töchter sehen, sie beim Namen nennen und als untreue Verwalterinnen bezeichnen? Betrübt sprachen sie miteinander und versuchten, sich mit dem Wort ihres Vaters aufzumuntern, dass die Wege des Herrn über die Wogen des Meeres und die schneebedeckten Berge führen, auf denen ein menschliches Auge keinen Pfad erkennen kann.

Eines Tages im Spätsommer brachte der Postbote einen merkwürdigen Brief in das gelbe Haus; er war mit einer französischen Briefmarke frankiert und adressiert an Madame Babette Hersant. Das Eintreffen des Briefes war ein ausgesprochen unerwartetes Ereignis, denn in den ganzen vierzehn Jahren, in denen Babette zu Berlevaag gehörte, hatte sie nicht einen einzigen Brief erhalten. Was mochte wohl darin stehen?, fragten sich die Schwestern.

Sie trugen ihn persönlich in die Küche zu Babette, um zuzusehen, wie sie ihn öffnete und las. Babette las den Brief sehr langsam, blickte zu ihnen auf und las ihn noch einmal. Dann erklärte sie ihnen, ihre Nummer sei in der französischen Lotterie gezogen worden. Sie hatte zehntausend Franc gewonnen.

Die Nachricht aus Paris machte einen so großen Eindruck auf die beiden Schwestern, dass sie in den ersten paar Minuten kein Wort über die Lippen brachten. Sie waren gewohnt, zu bestimmten Zeiten Zinsen von ihrem bescheidenen Erbe entgegenzunehmen, doch fiel es ihnen schwer, sich zehntausend Franc auf einen Schlag auch nur vorzustellen. Dann beglückwünschten sie Babette und drückten ihr die Hand, die ganz leicht zitterte; sie hatten noch nie einem Menschen die Hand gegeben, der gerade in den Besitz von zehntausend Franc gekommen war.

Wenig später begriffen sie, dass das Ereignis sie ebenso viel anging wie Babette. Sie spürten, dass Frankreich, das Land Frankreich, nicht länger ein ferner Begriff war, sondern eine lebendige, selbstständige Realität, die sich langsam über den Horizont ihrer treuen Haushälterin erhob – während andererseits ihr eigenes Dasein im gleichen Maße unterging. Diese zehntausend Franc, durch die Babette zu einer reichen Frau wurde, ließen das Haus, in dem sie vierzehn Jahre lang gedient hatte, ärmlich aussehen. Alte, vergessene alltägliche Sorgen und Probleme tauchten nach und nach in den dunklen Ecken der Küche wieder auf. Voller Scham über ihre Armseligkeit spürten sie, wie ihnen die Glückwünsche und munteren Nachfragen auf den Lippen erstarben.

Und doch setzten sie in den folgenden Tagen fröhliche Mienen auf, wenn sie die Neuigkeit ihren Freunden erzählten, aber es tat ihnen beinahe gut, ihre Freunde beim Zuhören zu sehen, wie sie ein wenig blass um die Nase wurden, als würde die Neuigkeit sie auf eine seltsame Art und Weise persönlich betreffen. Sie empfahlen ihnen, Überlegungen anzustellen, für die sie sich selbst zurechtgewiesen hätten. Der Vogel kehrt schließlich in sein Nest zurück, und der Mensch in sein Vaterland. Ja, sicher, aber Babette war vierzehn Jahre in Berlevaag gewesen, sie war in der Stadt wie eine von ihnen aufgenommen worden, sie hatte hier ihren Platz gefunden, und wenn sie nun überstürzt aufbrach, würde sie eine böse, betrübliche Leere hinterlassen. Die lieben kleinen Schwestern der Freunde, die so fromme Gedanken hatten, so viel gute Lektüre, so klare, weiche Stimmen, um Kranke und Bedürftige zu trösten, sie sollten nun selbst wieder Stockfisch einweichen und ihre Brotsuppe kochen. Nein, es war richtig, was sie immer gesagt hatten: Lotterien waren Teufelswerk.

Schließlich, am Ende eines langen Weges durch viele Kontore und Banken, kam Babettes Geld in das gelbe Haus. Die beiden Schwestern halfen ihr, es zu zählen, und gaben ihr einen hübschen alten Schrein, um es darin aufzubewahren. Sie hatten sie in den Fingern gehabt, diese folgenschweren Scheine und Goldmünzen, sie wussten, wie sie aussahen, und waren beinahe vertraut mit ihnen.

Sie wagten nicht, Babette nach dem Zeitpunkt ihrer Abreise zu fragen. Wagten sie zu hoffen oder wagten sie es nicht, dass sie bei ihnen bis zum 15. Dezember bliebe?

Sie waren sich nie vollkommen darüber im Klaren, wieweit ihre Haushälterin ihre Gespräche verfolgte oder verstand. Daher war es für sie auch eine Überraschung, als Babette eines Abends im September in die Stube kam und sie mit einem merkwürdig zurückhaltenden, aber zutiefst bedeutungsinnigen Gesichtsausdruck um einen besonderen Gefallen bat. Sie wolle, so sagte sie, um die Erlaubnis bitten, anlässlich des hundertsten Geburtstags des Propstes ein festliches Abendessen auszurichten.

Die beiden Schwestern hatten überhaupt nicht an irgendein Festmahl gedacht. Ein Abendessen mit einer Tasse Kaffee war die üppigste Mahlzeit, zu der sie ihre Gäste jemals gebeten hatten. Aber Babettes dunkle Augen waren so inständig wie die eines treuen Hundes, sie hatten keine Kraft, ihr zu widerstehen. Sie waren geradezu gerührt, als sie ihr Einverständnis gaben und sahen, wie Babettes Gesicht aufleuchtete.

Doch sie erbat sich noch mehr. Sie würde gern, sagte sie, ein französisches Abendessen zubereiten, zur Feier des Tages dieses eine Mal ein original französisches Abendessen. Martine und Philippa sahen sich an. Babettes Vorschlag beunruhigte sie, sie spürten, dass sie nicht wussten, wohin das führen sollte. Doch das Unerwartete und Ungewohnte des Vorschlags entwaffnete sie. Sie hatten keine Argumente, die sie dem Ansinnen, ein echtes französisches Abendessen zuzubereiten, entgegensetzen konnten.

Babette stieß ein langes, glückliches Seufzen aus, blieb aber noch immer stehen. Sie hatte noch etwas auf dem Herzen. Sie bat ihre Damen, das französische Abendessen mit ihrem eigenen Geld bezahlen zu dürfen.

«Nein, Babette!», riefen die beiden Schwestern wie aus einem Mund. Wie kam sie denn auf so etwas? Hatte sie wirklich geglaubt, sie würden sie ihr kostbares Geld für Essen und Trinken ausgeben lassen, und für sie? Nein, Babette, um keinen Preis.

Babette trat einen Schritt vor. Diese Bewegung hatte etwas Furchteinflößendes, als würde sich eine Woge erheben. Hatte sie wohl damals, vor vierzehn Jahren, in Paris einen solchen Schritt nach vorn getan, um die rote Fahne auf die Barrikaden zu pflanzen? In ihrem gebrochenen Norwegisch ergriff sie das Wort mit klassisch französischer Beredsamkeit, ihre Stimme war wie ein Gesang:

«Meine Damen! Hatte sie in all diesen vierzehn Jahren jemals um irgendetwas gebeten? Nein. Und warum nicht? Mesdames, Sie, die täglich Ihre Gebete sprechen, können Sie sich vorstellen, was es für ein Menschenherz bedeutet, keine Bitten zu haben, die es vortragen kann? Denn worum könnte Babette schon bitten? Um nichts! Aber heute Abend hätte sie eine Bitte, eine Bitte, die von Herzen kam. Spüren Sie denn heute Abend nicht, meine frommen, guten Damen, dass es Ihnen zukommt, diese Bitte mit der gleichen Freude zu erfüllen, mit der der gute Gott vierzehn Jahre Ihre eigenen erfüllt hat?»

Die Schwestern saßen eine Weile da, ohne etwas zu sagen. Babette hatte recht, es war wirklich ihre erste Bitte in vierzehn Jahren, und es würde, so wie die Dinge nun standen, vermutlich auch ihre letzte sein. Sie ließen sich die Angelegenheit durch den Kopf gehen und sagten sich, dass in Wahrheit ihre Köchin wohl weitaus wohlhabender war als sie und dass ein einzelnes Abendessen für einen Menschen, der zehntausend Franc besaß, ja keine allzu große Sache war.

Als sie schließlich ihrer Bitte zustimmten, verwandelte sich Babette. Sie sahen, dass sie als junge Frau sehr hübsch gewesen sein musste, und sie fragten sich, ob sie beide wohl erst in dieser Stunde in ihren Augen zu den «guten Menschen» geworden waren, die Achille Papin in seinem Brief erwähnt hatte.

Die Schildkröte

Im November entschloss sich Babette, eine Reise anzutreten. Es wären, so erklärte sie es den Schwestern, Vorbereitungen zu treffen, sie wäre alles durchgegangen und bräuchte vierzehn Tage Urlaub, um ihre Planungen umzusetzen. Ihr Neffe, der sie seinerzeit nach Christiania gebracht hatte, lief die Stadt, wie sie erfahren hatte, noch immer an, sie musste sich mit ihm treffen und ihm ihre Aufträge mitteilen. Babette war nicht seefest, sie hatte die Überfahrt von Frankreich nach Norwegen als das fürchterlichste Erlebnis ihres Lebens beschrieben. Nun sah sie erstaunlich gefasst einer Schiffsreise entgegen. «Ja», dachten die Schwestern, «ihr Herz ist bereits in Frankreich.»

Nach vierzehn Tagen, in denen die Schwestern einen Einblick bekamen, wie ihr tägliches Dasein sich ohne Babette gestalten würde, kehrte sie nach Berlevaag zurück.

Hatte sie alles wunschgemäß erledigen können?, erkundigten sich die Schwestern. Ja, antwortete Babette, sie hätte ihrem

Neffen eine Liste über alle notwendigen Waren mitgegeben. Martine und Philippa begriffen nicht, was sie meinte, aber sie verkniffen es sich, mit ihr über die Zukunft zu sprechen, und stellten keine weiteren Fragen.

In den folgenden Wochen war Babette nicht ganz sie selbst. Eines Tages im Dezember jedoch verkündete sie ihren Damen triumphierend, die Waren hätten Christiania glücklich erreicht, dort hätte man sie bereits umgeladen, und morgen würden sie in Berlevaag eintreffen. Sie hätte, fügte Babette hinzu, einen alten Mann mit einer Schubkarre angeheuert, um sie vom Hafen zum Haus zu bringen.

«Ja, aber welche Waren, Babette?», fragten die Schwestern.

«Welche Waren, Mesdames!», wiederholte Babette. «Die Waren für das Geburtstagsessen. Gepriesen sei der Herr, es ist alles wohlbehalten aus Paris angekommen.»

Zu diesem Zeitpunkt war Babette, wie im Märchen der Dschinn in der Flasche, zu solchen Ausmaßen angewachsen, dass ihre Damen sich im Vergleich mit ihr ganz klein und winzig vorkamen. Im Geiste sahen sie das original französische Abendessen näher rücken, ein Unternehmen unberechenbarer Natur und Tragweite. Allerdings hatten sie in ihrem Leben niemals ein Versprechen gebrochen, als gute Christen mussten sie sich selbst verleugnen und darein schicken, was durch die Hände ihrer Köchin über sie kommen mochte.

Und doch blieb Martine am nächsten Tag wie gelähmt stehen, als sie sah, wie eine Schubkarre voller Flaschen in die Küche geschoben wurde. Sie berührte die Flaschen mit zwei Fingern und hob schließlich eine heraus.

«Was ist in dieser Flasche, Babette?», fragte sie mit unsicherer Stimme. «Das ist doch wohl kein Wein?»

«Wein, Madame?», rief Babette. «Nein, Madame! Das ist ein

Clos Vougeot 1846!» Und nach einer Pause fügte sie hinzu: «Von ‹Philippe› in der Rue Mont Orgueil!»

Martine hatte nie davon gehört, dass Weine Namen haben konnten, und sie schwieg.

Am späten Abend klingelte es an der Tür, und als Martine öffnete, stand sie erneut vor der Schubkarre, diesmal wurde sie von einem rothaarigen Schiffsjungen geschoben, als wäre der alte Mann bereits vollkommen erschöpft. Der Junge lachte sie an und hob einen großen, unbestimmbaren Gegenstand aus der Schubkarre. Im Licht der Lampe glich er einer Art dunkelgrünem Stein, doch als der Junge ihn auf den Küchenboden gesetzt hatte, schoss plötzlich ein schlangenartiger Kopf aus dem Stein hervor, der sich von einer Seite zur anderen bewegte. Martine hatte Bilder von Schildkröten gesehen und als Kind sogar selbst eine Schildkröte besessen. Diese war jedoch ein Ungeheuer an Größe und fürchterlich anzusehen. Sie ging rückwärts und ohne ein Wort zu sagen aus der Küche.

Sie wagte nicht, ihrer Schwester zu erzählen, was sie gesehen hatte. Aber am Abend konnte sie nicht einschlafen, sie dachte an ihren Vater und hatte das Gefühl, als wären sie und ihre Schwester im Begriff, ausgerechnet an seinem hundertsten Geburtstag in seinem Haus einen Hexensabbat zu veranstalten. In der Dunkelheit wuchs ihre Unsicherheit über sich selbst und die Schildkröte, sie spürte, dass sie mit jemandem darüber sprechen musste. Als sie gegen Morgen endlich einschlief, hatte sie einen schrecklichen Traum, in dem Babette Vorbereitungen traf, um die alten Brüder und Schwestern zu vergiften.

Martine stand früh auf, zog ihren grauen Mantel an und trat hinaus auf die noch dunkle Straße. Sie ging von Haus zu

Haus und öffnete ihren Brüdern und Schwestern ihr Herz. Sie und Philippa hätten sich bereit erklärt, Babettes Wunsch zu erfüllen, aber sie hatten doch nicht vorhersehen können, wohin dies führen würde. Nun würde sie erkennen, dass sie sich mit gefährlichen Mächten eingelassen hätten. Sie könne überhaupt nicht sagen, was Ihren Gästen am Geburtstag ihres guten Vaters an Speis und Trank aufgetischt werde. Die Schildkröte erwähnte sie mit keinem Wort, aber deren Anwesenheit war in Martines Stimme und Gesicht regelrecht abzulesen.

Wie bereits erzählt, hatten die alten Mitglieder der Gemeinde die Töchter des Propstes von klein auf gekannt, sie hatten gesehen, wie sie bittere Tränen über eine kaputte Puppe vergossen. Nun hatten Martines Tränen Tränen in ihren eigenen Augen zur Folge. Sie kamen am Nachmittag zusammen, um über die Angelegenheit zu beraten.

Bevor sie ihre Versammlung auflösten und ein jeder wieder nach Hause ging, versprachen sie einander, dass sie um der kleinen Schwestern willen an diesem Abend über alles schweigen würden, was Speisen und Getränke betraf. Egal was ihnen bei Tisch vorgesetzt würde, und seien es Frösche und Schnecken, es sollte kein einziges Wort über ihre Lippen kommen.

«Die Zunge», sagte ein weißbärtiger Bruder, «die Zunge ist ein kleines Glied und richtet große Dinge an. Die Zunge kann kein Mensch bezähmen, das rastlose Übel, voll tödlichen Giftes. Am Festtag unseres Meisters wollen wir unsere Zunge nur zu Danksagung und Gebet gebrauchen, zu nichts anderem. Nichts, was sie berührt, soll uns von den erhabenen Dingen des Geistes ablenken. Es soll so sein, als wäre ihr die Fähigkeit des Geschmacks nie gegeben worden.»

So wenig geschah im alltäglichen Leben dieser alten Leute, dass ihnen in diesem Moment recht feierlich zumute ward. Sie gaben einander die Hand auf dieses Versprechen, und es kam ihnen vor, als würde es vor dem Angesicht des alten Propstes abgelegt.

Psalmengesang

Am Dienstagmorgen begann es zu schneien. Große weiße Flocken fielen dichter und dichter durch die Luft, die ganze mächtige Landschaft ging unter einer weißen Decke zu Bett. Am frühen Morgen brachte ein Diener aus Fossum einen Brief der alten Frau Löwenhielm, die noch immer in ihrem vornehmen und ehrwürdigen Haus residierte. Sie war inzwischen über neunzig Jahre alt, stocktaub und hatte den Geschmackssinn wie den Geruchssinn verloren. Aber sie war eine der ersten Jüngerinnen des Meisters gewesen, daher war sie auch von allen zuerst zu seiner Gedenkfeier eingeladen worden; und weder ihre Gebrechlichkeit noch die lange Fahrt mit dem Pferdeschlitten konnten sie davon abhalten, die Erinnerung an ihn hochzuhalten. Allerdings war, so schrieb sie, ihr lieber Neffe, General Lorens Löwenhielm, unerwartet nach Fossum zu Besuch gekommen. Er hatte mit so tiefem Respekt über den Propst gesprochen und so viele Erinnerungen an seine

Besuche in dessen Haus vor mehr als dreißig Jahren bewahrt, dass sie nun um die Erlaubnis bat, ihn zu der Gedenkfeier mitbringen zu dürfen. Sie spürte, dass er dieses feierlichen Erlebnisses bedurfte, denn er schien ihr von unruhigem Gemüt und der großen Welt müde zu sein.

Martine und Philippa wurden mit einem Mal dreißig Jahre in der Zeit zurückversetzt, sie vergaßen darüber beinahe die Gefahren des gegenwärtigen Augenblicks. Sie schickten die Antwort, General Löwenhielm sei ihnen herzlich willkommen, und unterhielten sich ein wenig über den hübschen jungen Mann – als wollten sie bei ihrem jungen Reiter Zuflucht vor ihrer Köchin suchen. Dann riefen sie Babette herein und teilten ihr mit, sie wären nun zwölf statt elf Personen bei dem Abendessen, und ihr zusätzlicher Gast käme direkt vom Hof in Schweden und hätte in seiner Jugend mehrere Jahre in Paris verbracht. Die Nachricht schien Babette in die glücklichste Gemütsverfassung zu versetzen, sie fragte die Schwestern nach dem General, seiner Karriere und seinem Aufenthalt in Paris aus und versicherte mit sehr viel Selbstbewusstsein, dass für alle reichlich zu essen da sein würde.

Die beiden Gastgeberinnen trafen im Laufe des Tages in der Stube ihre kleinen Vorbereitungen für das Fest. Sie wagten nicht, ihren Fuß in die Küche und ins Esszimmer zu setzen. Babette hatte von einem Schiff im Hafen auf mysteriöse Weise einen Küchenjungen angeheuert – mit Unbehagen sah Martine, dass es sich um denselben Jungen handelte, der die Schildkröte ins Haus gebracht hatte –, um ihr in der Küche zur Hand zu gehen und bei Tisch zu servieren. Die dunkle, schwere Frau und der rothaarige, hoch aufgeschossene Junge hatten das Haus wie eine Hexe mit ihrem dienstbaren Geist im Laufe des Tages zu dem ihren gemacht. Die beiden sanften Schwestern wagten nicht daran zu denken, was sie nun in ihren Töpfen rührten und rührten und was in der Küche knisterte und siedete. Sie taten ihr Bestes, um für Gemütlichkeit und Geborgenheit in dem Bereich zu sorgen, den sie noch ihr Eigen nennen konnten. Vielleicht würden ihre Gäste viel ertragen müssen, doch sie sollten zumindest nicht frieren, daher hatten sie den ganzen Tag über den mächtigen alten Ofen mit Birkenknütteln gefüttert. Sie hängten einen hübschen Kranz aus Wacholder um das Bild ihres Vaters an der Wand und stellten darunter zwei Silberleuchter auf den kleinen Nähtisch ihrer Mutter. Sie verbrannten Wacholderzweige, denn es sollte in der Stube angenehm und fein duften. Und währenddessen fragten sie sich, ob der Pferdeschlitten aus Fossum bei diesem Wetter wohl Berlevaag erreichen würde. Als sie alle Vorbereitungen erledigt hatten, zogen sie ihre langgedienten schwarzen Sonntagskleider an und banden sich die Goldkreuze ihrer Konfirmation um. Dann setzten sie sich still hin, falteten die Hände im Schoß und sagten in ihren Herzen zu sich: «Gottes Wille geschehe.»

Die alten Brüder und Schwestern kamen mit dem Glockenschlag und betraten langsam und feierlich die Stube.

Der niedrige Raum mit seinem weiß gescheuerten Fußboden und den alten blank geriebenen Möbeln war der Herde des Propstes wohlbekannt und teuer. Vor den drei Fenstern mit ihren kleinen Scheiben lag die große Welt. Von hier drinnen aus betrachtet, war die große Welt im Winter hübsch und am unteren Ende mit hellroten, blauen und weißen Hyazinthen auf der Fensterbank beruhigend ausgefranst. Im Sommer, wenn die Fenster offen standen, war die große Welt eingerahmt von sanft wehenden, weißen, klaren Gardinen.

An diesem Abend wurden die Gäste auf der Schwelle von einer freundlichen Wärme, festlichem Licht und einem süßen, stimmungsvollen Duft empfangen, und sie sahen direkt ins Angesicht ihres geliebten Meisters, der von immergrünen Zweigen umgeben war. Ihre Finger und Herzen tauten auf und schmerzten dadurch ein wenig. Ein sehr alter Bruder traf nach einem Augenblick des Schweigens die Empfindung aller, als er mit bebender Stimme einen der Psalmen des Meisters anstimmte:

«Jerusalem
mein Herzens Heim,
Du ewig lieber Name –»

Eine nach der anderen fielen die übrigen Stimmen ein, zarte Frauenstimmen, tiefes Brummen der Brüder, die zur See gefahren waren, und über ihnen allen Philippas klarer Sopran, etwas angegriffen vom Alter, aber noch immer himmlisch. Unwillkürlich hatte der Chor sich bei den Händen gefasst. Sie alle sangen die Strophen des Psalms zu Ende, doch nun wollten und konnten sie nicht verstummen, daher stimmten sie direkt ein weiteres geistliches Lied an:

«Ängstige Dich nicht, Du Fürsorgliche,
denn für Dein täglich Brot und Speise –»

Die Gastgeberinnen spürten, wie sie während des Liedes eine glückliche Ruhe überkam, und die Worte der dritten Strophe

«Gewürm und Steine reichst Du nicht
dem Kind, das um Brot Dich bittet –»

gingen Martine direkt ins Herz.

Sie hatten gerade die letzte Strophe beendet, als sie draußen die Schellen des Pferdeschlittens hörten, die Gäste aus Fossum waren eingetroffen.

Martine und Philippa gingen hinaus, um sie zu empfangen, und führten sie mit sanft leuchtenden Gesichtern in die Stube. Frau Löwenhielm war mit den Jahren ganz klein geworden, farblos wie Pergament und sehr still. Neben ihr trat nun General Löwenhielm vor, groß, breitschultrig und rotwangig, in voller Montur und mit Orden bedeckter Brust, prächtig wie ein Ziervogel, ein Pfau oder Goldfasan in dieser demütigen Gesellschaft von kleinen grauen und schwarzen Vögeln.

General Löwenhielm

Während der Schlittenfahrt von Fossum nach Berlevaag war General Löwenhielm in einen sonderbaren Gemütszustand geraten. Dreißig Jahre war er nicht in dieser Gegend gewesen und nun nach Fossum gekommen, um sich von seinem verantwortungsvollen, strapaziösen Dasein bei Hof auszuruhen, doch er hatte keine Ruhe gefunden. Das alte Hauptgebäude in Fossum war eigentlich friedlich genug und kam ihm beinahe rührend klein vor nach den Tuilerien und dem Winterpalais in Sankt Petersburg. Und doch hauste dort eine beunruhigende und beängstigende Gestalt: Der junge Leutnant Löwenhielm wandelte durch die Zimmer Fossums.

Der General begegnete der schlanken Gestalt, beziehungsweise er sah sie dicht an sich vorbeigehen, und dabei warf der junge Mann dem älteren einen flüchtigen Blick und ein Lächeln zu, das leichtherzige Lächeln des Besserwissens, das die Jugend für das Alter übrighat. Der General hätte zurücklächeln können, freundlich, mit der wehmütigen Erkenntnis, mit der das Alter der Jugend begegnet, wenn er sich nur in der Lage gesehen hätte zu lächeln. Er war, wie seine Tante geschrieben hatte, müde.

General Löwenhielm hatte im Übermaß erreicht, wonach er in diesem Leben gestrebt hatte, er bekleidete einen vollkommen sicheren, respektierten und allseits beneideten Posten. Doch nur er selbst kannte diesen sonderbaren, unerklärlichen Umstand, der überhaupt nicht seinen tatsächlichen Verhältnissen entsprach: Er war nicht eigentlich glücklich. Irgendetwas stimmte nicht, er musterte seine Laufbahn und sich selbst, so wie man einen Finger befühlt, um herauszubekommen, wo ein unsichtbarer, schmerzhafter Splitter sitzt.

Er stand in der Gunst des Königshauses, er war hoch angesehen in der Armee und hatte einen großen und angenehmen Freundeskreis. Dort saß der Splitter nicht.

Seine Ehefrau war intelligent und sah noch immer ausgesprochen gut aus. Allerdings war sie möglicherweise noch immer eher Hofdame als Hausfrau – der General hätte sich durchaus ihre regelmäßigere Anwesenheit gewünscht, eine weniger wechselnde Dienerschaft und pünktlichere und erlesenere Mahlzeiten. Doch auch hier steckte der Dorn nicht, der ihn quälte, er wusste selbst, dass er woanders suchen musste.

Denn in den letzten Jahre hatte sich General Löwenhielm einer vollkommen unerwarteten, paradoxen, unerklärlichen, ja in Wahrheit unaussprechlichen Prüfung stellen müssen: Er hatte begonnen, sich um seine unsterbliche Seele zu sorgen.

Er hätte die ganze Welt fragen können, ob es dafür wohl einen berechtigten Grund gab, und die Welt hätte ihn von dieser Sorge befreien müssen. Er war moralisch unangreifbar, ein gewissenhafter Beamter, ein treuer Ehemann, tadellos und redlich in seinem gesamten Auftreten. Und doch kam ihm bisweilen die Welt weniger als eine moralische denn als eine mystische Angelegenheit vor. Er trat vor den Spiegel und betrachtete sich darin, er ging die lange Reihe der Orden auf seiner Brust durch und spürte mit Entsetzen, dass sie eigentlich nicht zu ihm gehörten. «Eitelkeit!», klagte er tief in seinem Herzen mit dem König, der in seinem Leben alles erreicht hatte. «Eitel, alles ist eitel!»

Nun hatte diese letzte seltsame Begegnung auf Fossum ihn bewogen, die Bilanz seines Lebens zu ziehen.

Den jungen Lorens Löwenhielm hatten Träume und Fantasien angezogen, wie Blumen Bienen und Schmetterlinge anziehen. Er hatte sich davon freikämpfen müssen, er war vor ihnen geflohen, und doch waren sie ihm ein kleines Stück nachgeweht. Die Elfe in der Familienlegende hatte ihn gründlich erschrocken, doch er hatte ihre Einladung ausgeschlagen, ihr in die blauen Berge zu folgen. Mit militärischer Beherztheit hatte er die Gabe des Zweiten Gesichts abgelehnt. Nun ertappte sich der ältere Lorens Löwenhielm bei dem Wunsch, ein einziger kleiner Traum möge den Weg zu ihm finden, nur eine einzige graue Motte der Dämmerung möge ihm einen Besuch abstatten. Bisweilen sehnte er sich nach der Gabe des Zweiten Gesichts, so wie der Blinde sich danach sehnt, sehen zu können.

Kann eine Folge von Siegen in vielen Jahren und vielen Ländern in Summe letztendlich eine Niederlage ergeben? General Löwenhielm hatte das Streben des Leutnants Löwenhielm eingelöst und seinen Ehrgeiz befriedigt, ja man könnte sagen, er hatte die ganze Welt für ihn gewonnen. Und General

Löwenhielm fragte sich selbst und ihn, was es ihm denn genützt hatte? Etwas in ihm hatte Schaden genommen.

Als seine alte Tante ihm von dem hundertsten Geburtstag des Propstes erzählte und er sich entschlossen hatte, sie zu der Feierlichkeit zu begleiten, war sein Entschluss nicht von der Art gewesen, mit der man gewöhnlich eine Einladung zum Abendessen annimmt.

Er wollte nun mit dem jungen Lorens Löwenhielm ins Reine kommen, der im Haus des Propstes Schmerzliches erlitten und schließlich den Staub von seinen Reitstiefeln geschüttelt hatte. Er wollte dem Jüngling an diesem Abend beweisen, dass er damals die richtige Entscheidung getroffen hatte. Die niedrigen Stuben, der Stockfisch und die Wasserkaraffe auf dem Tisch sollten ihm ein für alle Mal bestätigen, dass das Leben des jungen Lorens Löwenhielm in dieser Welt ein vergeudetes gewesen wäre.

Er ließ seine Gedanken weit umherschweifen. In Paris hatte er einmal bei einem Reitturnier den ersten Preis gewonnen und war von französischen Kavallerieoffizieren mit einem Abendessen im besten Restaurant der Stadt gefeiert worden. Bei Tisch saß er einer vornehmen Dame gegenüber, einer Schönheit, der er lange vergebens den Hof gemacht hatte. Doch während des Abendessens hob sie ihre Samtaugen über den Rand ihres Champagnerglases und versprach ihm, ohne ein Wort zu sagen, ihn glücklich zu machen. Jetzt erinnerte er sich plötzlich, wie er für eine Sekunde Martines Gesicht vor sich gesehen und den Anblick von sich gewiesen hatte. Nachdem er eine Weile dem Schellengeläut des Pferdeschlittens gelauscht hatte, lächelte er bei dem Gedanken, an diesem Abend schließlich doch das Gespräch an dem Tisch zu beherrschen, an dem der junge Lorens so stumm gesessen hatte.

Die dicken Schneeflocken fielen dicht, hinter dem Schlitten wurden die Spuren der Kufen rasch verweht. General Löwenhielm saß reglos neben seiner Tante und drückte sein Kinn in den Pelzkragen.

Babettes Gastmahl

Als Babettes rothaariger Hilfsgeist die Tür zum Esszimmer öffnete und die Gäste langsam über die Schwelle schritten, ließen die alten Brüder und Schwestern einander an den Händen los und verstummten. Doch es war eine gesegnete Stille, denn in Gedanken hielten sie sich noch immer an den Händen und sangen laut.

In die Mitte des Tisches hatte Babette eine Reihe von Kerzen gestellt, und die kleinen klaren Flammen schienen nun auf schwarze Gehröcke und Kleider und eine scharlachrote Uniform – und spiegelten sich in feuchten Augen.

General Löwenhielm sah Martines Gesicht im Schein der Kerzen wie damals, als sie vor dreißig Jahren voneinander Abschied genommen hatten. Welche Spuren konnten dreißig Jahre in einem Frauengesicht in der unbeweglichen kleinen Welt von Berlevaag hinterlassen? Das goldene Haar war von Silber durchzogen, die glatte, feine Stirn war langsam zu

Alabaster erstarrt. Aber wie klar und edel war diese Stirn, die Augen so ruhig und vertrauensvoll und der Mund so süß und rein, als sei niemals ein unbedachtes Wort über dessen Lippen gekommen.

Als alle Platz genommen hatten, sprach der Gemeindeälteste mit des Propstes eigenen Worten das Tischgebet:

«Möge mein Brot meinen Leib heute nähren,
möge mein Leib sich als Diener der Seele bewähren,
möge meine Seele vorangehen, Gott zu Ehren.»

Bei dem Wort «Brot» erinnerten sich die Gäste, die mit ihren alten Köpfen über den gefalteten Händen dasaßen, an ihr Gelübde, dieses Thema mit keinem Wort zu erwähnen. In ihren Herzen erneuerten und bekräftigten sie nun dieses Versprechen: Nicht einen Gedanken wollten sie darauf verwenden. Sie hatten Platz genommen, um eine Mahlzeit zu sich zu nehmen, das hatte man auch bei der Hochzeit zu Kana getan. Und hatte die Kraft des Herrn dort nicht geruht, sich ebenso in Hülle und Fülle zu offenbaren wie überall sonst, ja hatte sie sich nicht sogar in den Getränken offenbart?

Babettes Helfer füllte die kleinsten Gläser. Die Brüder und Schwestern hoben sie feierlich an ihre Lippen und sahen einander an, mit diesem Glas bekräftigten sie ihr Gelübde.

General Löwenhielm, der dem Keller des Hauses misstraute, führte sein Glas mit Vorbehalt zum Mund. Er zuckte zusammen und hielt das Glas hoch, erst an die Nase, dann vor die Augen, und stellte es zurück auf den Tisch, äußerst verblüfft und verwirrt.

«Unbegreiflich», dachte er. «Amontillado! Und der beste Amontillado, den ich je getrunken habe!» Um sich seiner Sinneswahrnehmungen innezuwerden, probierte er nach einem Augenblick Bedenkzeit vorsichtig einen Löffel Suppe und legte ihn überrascht beiseite. «Das ist ja echte Schildkrötensuppe – und was für eine Schildkrötensuppe!» Ihn überkam eine Art Panik, er leerte sein Glas.

Normalerweise sprach man in Berlevaag nicht sonderlich viel während der Mahlzeiten. Doch auf seltsame Weise lösten sich die Zungen an diesem Abend rasch. Einer der alten Brüder berichtete von seiner ersten Begegnung mit dem Propst, sodass die anderen dessen mildes, eindrucksvolles Gesicht beinahe vor sich sahen. Ein anderer gab mit spürbarer Verve die Predigt wieder, die zu seiner Bekehrung von einem Raufbold und Saufbruder zu einem guten Christen geführt hatte. Eine alte Frau wiederholte die Ermahnung des Propstes «Liebe Kinder, liebet einander!», wobei ihr Tränen über die Wangen liefen.

General Löwenhielm, der sich vorgenommen hatte, bei Tisch das Wort zu führen, hatte der aufmerksam lauschenden Gesellschaft erzählt, die gesammelten Predigten des Propstes würden zur Lieblingslektüre Ihrer Majestät der Königin gehören, danach wusste er allerdings nicht mehr viel zu sagen. Er sah sich in dem Kreis um und fragte sich selbst mit einer Art wehmütiger Arroganz: «Ist es gut, dass ich heute Abend an diesem Tisch sitze? Steckt irgendeine Absicht dahinter, oder würde die Harmonie ohne mich möglicherweise vollkommener sein?» Während ihm dieser Gedanke durch den Kopf ging, wurde ihm das nächste Gericht angeboten. Er ließ nach dem ersten Bissen seine Gabel fallen und fuhr sich mit der Hand über die Stirn. «Aber das sind ja», dachte er, «Blinis Demidoff.» Beinahe wie ein Ertrinkender sah er sich unter seinen Tischgenossen um. Sie alle aßen mit heiteren, ruhigen

Gesichtern ihre Blinis Demidoff, ohne irgendein Anzeichen von Überraschung oder sonderlichem Genuss, als hätten sie seit dreißig Jahren Tag um Tag nichts anderes gegessen.

Eine der alten Schwestern auf der gegenüberliegenden Seite des Tischs lenkte die Unterhaltung auf die erstaunlichen Ereignisse, die sich zugetragen hatten, als der Propst noch unter seinen Kindern weilte, und die man sehr wohl als Wunder bezeichnen könnte. «Erinnert ihr euch», fragte sie, «an das Weihnachtsfest, als er die Weihnachtspredigt in der Kirche auf der anderen Seite des Fjords hielt?» Vierzehn Tage war das Wetter so schlecht gewesen, dass kein Schiffer oder Fischer die Überfahrt wagte, und die Leute im Dorf hatten die Hoffnung beinahe schon aufgegeben. Der Propst jedoch erneuerte mit großer Kraft sein Versprechen: Wenn es kein Boot gäbe, um ihn überzusetzen, dann würde er übers Wasser wandeln. Und drei Tage vor Weihnachten legte sich der Sturm, und strenger Frost setzte ein, sodass der Fjord von Ufer zu Ufer zufror – was seit Menschengedenken nicht mehr passiert war.

Der Junge schenkte die Gläser wieder ein. Diesmal jedoch wussten die Brüder und Schwestern, dass es sich bei dem Getränk, das ihnen vorgesetzt wurde, nicht um Wein handeln konnte, denn es schäumte, es musste eine Art Limonade sein. Und diese Limonade schien mit ihrer eigenen lichten und heiteren Gemütslage zu harmonisieren, als würden sie dadurch gleichsam ein Stück von der Erde in eine reinere Sphäre erhoben.

General Löwenhielm stellte sein Glas erneut ab, wandte sich an den Nebenmann zu seiner Linken und sagte: «Aber dies ist ja ein Clicquot 1860.» Der Angesprochene sah ihm sanft in die Augen, nickte und antwortete mit einer Bemerkung über das Wetter.

Der Junge hatte von Babette eine klare Anweisung erhalten: Er hatte die Gläser der Brüdern und Schwestern nur einmal einzuschenken, aber dafür zu sorgen, dass das Glas des Generals während des gesamten Abendessens gefüllt war. Und der General trank sein Glas rasch aus. Denn welche Zuflucht bleibt einem vernünftigen Mann, wenn er nicht länger auf seine Vernunft zählen kann? Es ist besser, betrunken als verrückt zu sein.

In der kleinen Stadt kam es häufig vor, dass man während einer guten Mahlzeit ein wenig phlegmatisch und träge wurde. An diesem Abend war jedoch das Gegenteil der Fall, die Gesellschaft rund um den Tisch hatte nicht nur das Gefühl, an Gewicht zu verlieren, es wurde ihnen, je mehr sie aßen und tranken, auch immer leichter ums Herz. Sie mussten sich nicht mehr an ihr Gelübde erinnern. Es wurde ihnen bewusst, dass der Mensch, wenn er jeden Gedanken an Speis und Trank nicht nur vergaß, sondern vollkommen aus seinem Bewusstsein verbannte, im rechten Geiste aß und trank.

General Löwenhielm hörte urplötzlich auf zu essen und saß reglos da. Wieder erinnerte er sich an das Diner in Paris, an das er im Schlitten gedacht hatte. Ein ganz unfassbar ausgefallenes und wohlschmeckendes Gericht war dort serviert worden, er hatte einen seiner Tischkameraden, Oberst Galliffet, um den Namen gebeten, und dieser hatte geantwortet, es hieße *Cailles en sarcophage.* Der Oberst hatte hinzugefügt, dieses Gericht wäre eine Spezialität des Restaurants, in dem das Abendessen stattfand, und es wäre von einem Meister der Kochkunst erfunden worden, der hier der Küche vorstand. Verblüffend genug handelte es sich um eine Frau, die in ganz Paris als das größte kulinarische Genie ihrer Zeit bekannt war. «Und wahrhaftig», fuhr Oberst Galliffet fort, «diese Frau ist imstande, jede noch so einfache Mahlzeit des ‹Café Anglais› in eine amouröse Affäre zu verwandeln, eine erhabene und romantische Liebesbeziehung, bei der man nicht länger zwischen körperlichem und seelischem Appetit oder Sättigung zu unterscheiden vermag. Ich habe in meinem Leben mehr als ein Duell wegen einer hübschen Frau ausgefochten, aber, mein junger Freund, für keine andere Frau in Paris würde ich bereitwilliger mein Blut vergießen!»

General Löwenhielm wandte sich erneut dem Tischnachbarn zu seiner Linken zu und sagte zu ihm, beinahe erzürnt, wie ein anerkannter und verständiger Mann, der unerwartet in vollkommene Verwirrung geraten ist: «Das hier, das sind doch *Cailles en sarcophage*.» Sein Nebenmann, der hingerissen der Beschreibung eines Wunders gelauscht hatte, sah ihn an, nickte und erwiderte: «Ja, gewiss doch, lieber Bruder. Was sollte es denn sonst sein?»

Von den Wundern des Meisters war das Gespräch am Tisch zu den kleinen Wundern von Güte und Hilfsbereitschaft übergegangen, die tagtäglich von seinen Töchtern begangen wurden. Der alte Bruder, der als Erster ein Lied des Propstes angestimmt hatte, zitierte auch dessen Worte: «Das Einzige, was wir aus diesem irdischen Leben mit uns nehmen dürfen, ist das, was wir hingegeben haben.» Auf den Gesichtern der Gäste machte sich ein Lächeln breit. Wie grenzenlos reich würden die armen Mädchen doch in ihrem nächsten Leben werden.

General Löwenhielm wunderte sich inzwischen über gar nichts mehr. Als er kurz darauf Trauben, Pfirsiche und frische Feigen vor sich sah, lachte er seinem Gegenüber am Tisch zu und bemerkte: «Schöne Trauben!» Und der Angesprochene antwortete umgehend und glücklich lächelnd: «Und sie kamen an den Bach Eschkol und schnitten dort eine Rebe ab mit nur einer Weintraube und trugen sie zu zweien auf einer Stange.»

Da spürte der General, dass die Zeit gekommen war, eine Rede zu halten. Er erhob sich und drückte den Rücken durch.

Niemand sonst war während des Abendessens aufgestanden, um eine Rede zu halten. Die alten Menschen rund um den Tisch hoben den Blick in freudiger Erwartung und Ehrfurcht zu seinem Achtung gebietenden Gesichtsausdruck. Schon oft hatten sie Seeleute und Vagabunden gesehen, die vom selbst gebrannten Schnaps stockbetrunken waren, doch ahnten sie nicht, dass der strahlende Offizier und Mann des Hofes sich in einem von den edelsten Weinen der Welt hervorgerufenen Rausch befand.

General Löwenhielms Rede

«Barmherzigkeit und Wahrheit begegnen einander, meine Freunde», begann General Löwenhielm. «Gerechtigkeit und Freude sollten sich küssen.» Er sprach die Worte mit der klaren, klangvollen Stimme, die auf Exerzierplätzen gedröhnt und melodiös moduliert in königlichen Sälen ihren Widerhall gefunden hatte. Und doch sprach er auf eine für ihn neue und so seltsam bewegende Art und Weise, dass er nach seinem ersten Satz eine Pause machen musste. Denn gewöhnlich formulierte er seine Tischreden sorgfältig und wusste, worauf er hinauswollte. Doch hier schien der ganze General Löwenhielm mit all seinen Orden an der Brust nur das Sprachrohr einer einzigen Botschaft zu sein, die es zu übermitteln galt.

«Wir Menschen, meine Freunde», fuhr der General fort, «sind kurzsichtig. Wir wissen wohl, dass es Gnade im Universum gibt. Doch in unserer menschlichen Kurzsichtigkeit stellen wir uns die göttliche Gnade dennoch als endlich vor.

Wir zittern sogar …» – nie zuvor hatte der General ausgesprochen, dass er vor etwas zitterte, nun hörte er völlig verblüfft, wie er selbst diese Wahrheit verkündete –, «wir zittern, bevor wir im Leben unsere Wahl treffen. Und wir bangen, nachdem wir unsere Wahl getroffen haben, ob wir uns auch für das Richtige entschieden haben. Aber es kommt der Moment, an dem uns unsere Augen geöffnet werden und wir verstehen, dass die Gnade unendlich ist. Es wird nichts anderes von uns verlangt, als dass wir diese Gnade vertrauensvoll erwarten und sie in Dankbarkeit hinnehmen. Sie stellt keinerlei Bedingungen und wählt nicht irgendeinen Einzelnen unter uns aus; sie verkündet eine allgemeine Amnestie. Seht! Was wir erwählt haben, wird uns geschenkt, aber auch das, was wir ausgeschlagen haben, wird uns gleichermaßen und zur selben Zeit zuteil. Ja, was wir verworfen haben, fällt uns im Überfluss zu. Denn Barmherzigkeit und Wahrheit begegnen einander, und Gerechtigkeit und Freude sollten sich küssen.»

Er hielt inne und setzte sich wieder, unvermittelt, aber mit Würde.

Die Brüder und Schwestern hatten die Rede des Generals nicht ganz verstanden, aber seine feierlich entschlossene Miene und der Klang dieser bekannten und lieb gewonnenen Worte hatten sie ergriffen und gerührt. Und so gelang es General Löwenhielm endlich, nach dreißig Jahren, die Stimmung und die Unterhaltung am Tisch im Haus des Propstes zu dominieren.

Über die Ereignisse im weiteren Verlauf des Abends lässt sich hier nichts mit Bestimmtheit sagen. Keiner der Anwesenden hatte später noch eine einigermaßen klare Erinnerung daran. Sie entsannen sich nur, dass die Stube erfüllt war von einem himmlischen Licht, als wären viele kleine Glioriolen zu einem großen Strahlenglanz verschmolzen. Wortkarge alte

Menschen empfingen die Gabe der Zungenrede, die Ohren der Schwerhörigen öffneten sich. Die Zeit selbst lief zusammen zu einer Ewigkeit. Bis weit über Mitternacht strahlten die Fenster des Hauses, und Gesang strömte hinaus in die Winternacht.

Die beiden alten Frauen, die sich gegenseitig verleumdet hatten, wanderten in ihren Herzen weit zurück in die Vergangenheit, vorbei an der bösen Zeit, in der sie so lange festgesessen hatten, bis hin zu ihren Mädchentagen weitere fünfundzwanzig Jahre zuvor, als sie gemeinsam zum Konfirmandenunterricht gegangen waren und auf den Wegen rund um Berlevaag Hand in Hand Kirchenlieder gesungen hatten. Ein Bruder der Gemeinde gab einem anderen einen verschwörerischen Stoß in die Rippen, wie es Jungen untereinander tun, und rief: «Du hast mich damals bei dem Holz übers Ohr gehauen, du alter Gauner!» Und der Angesprochene brach unter einem himmlischen Lachanfall zusammen, gleichzeitig standen ihm aber die Tränen in den Augen. «Ja, das stimmt, geliebter Bruder», erwiderte er. «Ja, das habe ich getan.» Schiffer Halvorsen und die Witwe Oppegaarden fanden plötzlich ganz nah in der Ecke der Stube zusammen und gaben sich einen langen Kuss, einen Jugend- und Sommernachtskuss.

Die Gemeinde des alten Propstes bestand aus demütigen Menschen. Wenn sie sich später an diesen Abend erinnerten, kam niemand auf die Idee, dieses Gefühl der Erhabenheit wäre ihnen durch eigene Verdienste gewährt worden. Und doch spürten sie mit aller Macht, dass ihnen die unendliche Gnade, von der General Löwenhielm gesprochen hatte, zuteilgeworden war. Sie wunderten sich auch nicht über das Geschehene. All dies war ja nur die Erfüllung einer immerzu gehegten Hoffnung. Die Gaukelbilder dieser Welt hatten sich vor ihren Augen in Rauch aufgelöst, und sie hatten die Welt gesehen, wie sie wirklich war. Ihnen war eine einzige Stunde des Tausendjährigen Reiches geschenkt worden.

Die alte Frau Löwenhielm war die Erste, die aufbrach, und ihr Neffe wurde aus seinem seltsamen Zustand gerissen, da es galt, sie zu begleiten und mit ihr nach Hause zu fahren. Ihre beiden Gastgeberinnen begleiteten sie mit Kerzen hinaus. Während Philippa der alten Dame mit den vielen Schals in ihren Pelzmantel half, ergriff der General Martines Hand und hielt sie wortlos lange in der seinen. Schließlich sprach er. «Ich war», sagte er, «jeden einzelnen Tag meines Lebens bei Ihnen! Sagen Sie mir, dass Sie es gewusst haben.»

«Ja, lieber Bruder», erwiderte Martine. «So ist es gewesen.»

«Und sagen Sie mir auch», fuhr er fort, «dass Sie es wissen und verstehen, wenn ich in Zukunft, solange ich lebe, auf immerdar bei Ihnen sein werde. Jeden Abend werde ich mich – wenn auch nicht im Fleische, das nichts bedeutet, so doch im Geiste – mit Ihnen zum Essen an den Tisch setzen, genau wie heute. Denn ich habe heute gelernt, liebe Schwester, dass in unserer schönen Welt alles möglich ist.»

«Ja, lieber Bruder», wiederholte Martine. «So ist es. In dieser unserer schönen Welt ist alles möglich.»

Mit diesen Worten trennten sie sich.

Als die übrige Gesellschaft endlich aufbrach und Abschied nahm, hatte es aufgehört zu schneien, die Stadt und die Berge ruhten in überirdischer Pracht, und der Himmel war klar von Millionen Sternen.

In den Straßen lag der Schnee so tief, dass es unmöglich war, sich einigermaßen normal fortzubewegen. Die Gäste aus dem gelben Haus schwankten, setzten sich unversehens nieder oder krochen auf allen vieren; dabei wurden sie von Schnee bedeckt, als würden tatsächlich all ihre Sünden weißgewaschen wie Wolle, und in diesem neuen Fell hüpften und tollten sie umher wie Lämmer. Es war für jeden Einzelnen von ihnen ein Segen, wieder ein Kind sein zu dürfen, es war zudem ein glückseliger Spaß, die alten Brüder und Schwestern, die sich selbst so ernst genommen hatten, auf diese himmlische Weise zurück in die Kindheit gehen zu sehen. Sie stolperten und kamen wieder auf die Beine, sie wankten weiter oder blieben körperlich wie geistig Hand in Hand stehen und bildeten hin und wieder eine lange Kette in einem seligen Lancier. «Gott segne dich, Gott segne dich», hallte es wie ein Echo der Sphärenmusik von allen Seiten wider.

Martine und Philippa blieben lange auf der Steintreppe vor dem Haus stehen. In der stillen, klaren Nacht spürten sie die Kälte nicht.

«Es sieht beinahe so aus, als wären die Sterne näher gerückt», sagte Philippa.

«Ja, so ist es», antwortete Martine. «Vielleicht werden sie nun jede Nacht näher rücken. Möglicherweise wird es in diesem Winter nicht mehr schneien.»

Darin irrte sie jedoch. Eine Stunde später begann es erneut zu schneien, und einen derart dichten Schneefall hatte bisher niemand in Berlevaag erlebt. Am nächsten Morgen lag der Schnee so hoch, dass die Menschen nur mit Müh und Not ihre Türen aufschieben konnten, und noch viele Jahre später wurde erzählt, wie alle Fenster der Stadt so dick mit Schnee verklebt waren, dass eine ganze Anzahl guter Bürger außerstande war, den anbrechenden Morgen zu sehen, und einen ganzen Tag verschlief.

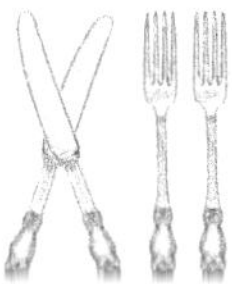

Die große Künstlerin

Als Martine und Philippa die Haustür schlossen, erinnerten sie sich plötzlich an Babette. Eine Woge des Mitleids und der Zärtlichkeit überkam sie. Als Einzige hatte Babette keinen Anteil an der Glückseligkeit des Abends gehabt.

Sie gingen in die Küche, und Martine nickte Babette zu und sagte: «Das war ein richtig gutes Abendessen, Babette.»

Augenblicklich erfüllten sich ihre Herzen mit der tiefsten Dankbarkeit. Denn nun wurde ihnen vollkommen bewusst, dass keiner ihrer Gäste auch nur ein Wort über die Mahlzeit verloren hatte. Ja, wenn sie es recht bedachten, konnten sie sich selbst an nichts erinnern, was sie bei Tisch serviert bekommen hatten. Aus einer weit entfernten, längst verschwundenen Zeit tauchte in Martines Erinnerung die Schildkröte auf. Aber seither hatte sie sich ja nicht mehr gezeigt, es war möglich, es war wahrscheinlich, dass sie nichts als ein böser Traum gewesen war.

Babette saß auf dem Hackklotz, umgeben von mehr schwarzen Töpfen und Pfannen, als die Schwestern je in ihrem Leben gesehen hatten. Sie war ebenso totenbleich und erschöpft wie an dem Abend, als sie das erste Mal in das Haus des Propstes gekommen und auf der Schwelle in Ohnmacht gefallen war. Sie sah sie nicht einmal an, ihre dunklen Augen starrten vor sich hin, in die weite Ferne.

Nachdem sie lange geschwiegen hatte, wandte sie ihnen ihren Blick zu und sagte: «Ich war einmal Köchin im ‹Café Anglais›.»

Da sie offensichtlich nicht mehr sagen wollte, wiederholte Martine nach einer Pause: «Sie waren wirklich alle zusammen der Ansicht, dass es ein richtig gutes Abendessen war.» Und sie fügte hinzu: «Wir alle werden uns an diesen Abend erinnern, wenn du zurück nach Paris gereist bist, Babette.»

Vielleicht rief der Name Paris Babette aus ihrer Geistesabwesenheit.

«Ich reise nicht zurück nach Paris», sagte sie.

«Du gehst nicht zurück nach Paris?», rief Martine in größter Verwunderung aus.

«Nein», erwiderte Babette. «Was sollte ich in Paris? Sie sind alle fort. Ich habe sie alle verloren, Mesdames.»

Die Schwestern dachten an die beiden Herren Hersant, laut sagten sie mit Stimmen, die vor Mitgefühl bebten: «Ach, unsere arme Babette.»

«Ja, sie sind alle fort», wiederholte Babette. «Der Herzog von Morny, der Herzog von Decazes, Fürst Narishkine, General Galliffet, Aurélien Scholl, Paul Daru, Fürstin Pauline! Alle sind sie fort.»

Die fremden Namen und Titel von Menschen, die Babette verloren gegangen waren, verwirrten ihre beiden Fräulein

ein wenig, aber es lag eine so mächtige und tragische Perspektive in ihren Worten und dem Klang ihrer Stimme, dass sie in ihrer bereits gerührten Stimmung den Verlust wie ihren eigenen empfanden; ihre Augen füllten sich langsam mit Tränen.

Nach einer Weile lächelte Babette sie verschmitzt an. «Und wie sollte ich wohl zurück nach Paris reisen, Mesdames? Ich habe doch kein Geld.»

«Kein Geld!», riefen die Schwestern aus.

«Nein», sagte Babette.

«Aber die zehntausend Franc?», fragte Martine in einem Atemzug voller Entsetzen.

«Die zehntausend Franc sind verbraucht, Mesdames», erwiderte Babette.

Fassungslos setzten sich die beiden Schwestern irgendwohin. Minutenlang waren sie stumm, außerstande, ein Wort hervorzubringen.

«Aber die zehntausend Franc?», flüsterte Martine dann noch einmal.

«Ja, was soll man sagen, Mesdames?», antwortete Babette vollkommen gleichmütig. «Der Preis für ein Abendessen für zwölf Personen im ‹Café Anglais› betrug zehntausend Franc.»

Babettes Erklärung war den beiden Propsttöchtern absolut unverständlich. Aber es hatte an diesem Abend so vieles jenseits jeden Verständnisses gegeben. Wenn sie ganz still dasaßen und warteten, würde ihnen vielleicht auch dies erklärt werden.

Doch Martine wurde in dem langen Schweigen, das auf Babettes Worte folgte, auf unangenehme Weise an eine Geschichte erinnert, die ein Freund ihres Vaters, ein alter Missionar aus Afrika, einst erzählt hatte. Er hatte einen großen

Stammeshäuptling, der schwer wie ein Elefant war, von Magenschmerzen kuriert, und aus Dankbarkeit hatte ihn der Häuptling zu einem Festmahl eingeladen und ihn genötigt, ordentlich zuzugreifen. Erst einige Tage später erfuhr der Missionar durch seinen eingeborenen Diener, dass er eines der kleinen Enkelkinder des Häuptlings verzehrt hatte, das man zu Ehren des christlichen Medizinmannes zubereitet hatte. In Martines Augen wurde Babette ganz schwarz und ebenso wild wie der Stammeshäuptling. Sie hatte die guten Christen von Berlevaag im Laufe von wenigen Stunden unwissend die Bestimmung eines Menschen im Leben und die Sicherheit des Alters aufessen lassen. Sie schauderte und faltete die Hände.

In Philippas Brust jedoch schmolz das Herz in Mitgefühl und Dankbarkeit dahin. So sollte dieser unvergessliche Abend zum Schluss mit einem unvergesslichen Beweis an menschlicher Treue und Selbstaufopferung gekrönt werden.

«Liebe Babette», sagte sie sanft. «Unseretwegen hättest du nicht alles, was du besitzt, hergeben sollen.»

Babette warf ihrem Fräulein einen tiefen Blick zu, einen merkwürdigen Blick. Vieles ließ sich darin sehen: Mitleid für das Mitleid, und im Grunde sogar noch etwas anderes, das sich als Geringschätzung deuten ließ.

«Ihretwegen?», sagte sie. «Nein, meinetwegen.» Sie verließ den Hackklotz und stand vor den beiden Schwestern auf, beiden kam es vor, als sei sie gewachsen; ihre Gestalt in der Küche erschien ihnen ungewohnt groß zu sein. Und als sie sprach, hatten ihre Worte ein ähnliches Format.

«Ich bin eine große Künstlerin!», erklärte Babette. Sie wartete einige Augenblicke und wiederholte dann: «Ich bin eine große Künstlerin, Mesdames.»

Die Stille in der Küche schien sich zu vervielfachen. Martine war es schließlich, die sie brach. «Dann bleibst du also dein Leben lang arm, Babette», sagte sie.

«Arm?», entgegnete Babette. Sie lächelte vor sich hin. «Nein, ich werde nie arm sein. Ich sage Ihnen, dass ich eine große Künstlerin bin. Eine große Künstlerin, Mesdames, ist niemals arm. Wir großen Künstler, Mesdames, haben etwas, wovon ihr anderen überhaupt nichts wisst.»

Während Martine, verwirrt, erschüttert oder gerührt, versuchte, einen Zugang zu Babettes Gedanken zu finden, begannen tiefe, verborgene Stränge im Herzen ihrer jüngeren Schwester zu vibrieren. Denn sie hatte schon früher, vor langer Zeit, vom «Café Anglais» gehört. Sie hatte einst, vor langer Zeit, alle Namen von Babettes tragischer Liste gehört. Sie erhob sich von dem dreibeinigen Küchenstuhl, auf dem sie saß, und machte einen Schritt auf ihre Köchin zu. Dieser Schritt war sehr lang, von einer Welt in eine andere.

«Aber all diese Menschen, die du erwähnt hast», sagte sie, «all diese Fürsten und hohen Herrschaften in Paris, Babette? Du hast doch selbst gegen sie gekämpft! Du warst doch Kommunardin! Dieser General, von dem du gesprochen hast, ließ deinen Mann und deinen Sohn erschießen, Babette. Wie kannst du ihn betrauern?»

Babettes Augen trafen Philippas wie ein paar schwere Kanonen, die in Stellung gebracht werden – zur Verteidigung, zum Angriff?

«Ja!», sagte sie. «Ja, ich war Kommunardin! Gelobt seien der Herr und die Heilige Jungfrau, ich war Kommunardin. Und die Menschen, die ich gerade erwähnte, Mesdames, waren böse und grausame Menschen. Sie ließen das Volk von Paris hungern, sie unterdrückten die Armen und verdrehten die

Gesetze, sie begingen Unrecht an denen, die sich nicht verteidigen konnten. Gepriesen seien der Herr und die Heilige Jungfrau, ich habe auf einer Barrikade gestanden. Ich habe die Gewehre für meine Männer geladen, meine Arme waren vom Pulverstaub so schwarz wie jetzt. Ich watete in Blut, meine Strümpfe waren davon durchnässt. Und doch, Mesdames», fuhr sie fort. «Ich reise nicht zurück nach Paris, nun, da diese Menschen nicht länger dort sind.»

Sie stand reglos da.

«Verstehen Sie, Mesdames», sagte sie schließlich. «Diese Menschen gehörten zu mir, es waren meine Leute. Sie wurden dazu erzogen, sie wurden ausgebildet – mit größeren Kosten, als Sie, meine lieben Damen, es sich je vorstellen oder begreifen können –, um zu verstehen, welch große Künstlerin ich bin. Ich konnte sie glücklich machen. Wenn ich ihnen mein Bestes gab, konnte ich sie vollkommen glücklich machen.»

Sie hielt einen Moment inne und dachte nach.

«Es war dasselbe wie mit Monsieur Papin», sagte sie dann.

«Mit Monsieur Papin?», wiederholte Philippa.

«Ja, mit Ihrem Monsieur Papin, mein armes Fräulein», sagte Babette. «Er hat es mir ja selbst erzählt und erklärt. ‹Es ist fürchterlich für einen Künstler›, sagte er, ‹es ist ihm unerträglich, wenn man an ihn appelliert, sein Zweitbestes zu geben. Es ist fürchterlich für einen Künstler, für sein Zweitbestes Beifall zu bekommen.› Er sagte: ‹Durch die Welt geht ein langer Schrei aus den Herzen der Künstler: Gebt mir die Erlaubnis, gebt mir die Gelegenheit, mein Allerbestes zu liefern.›»

Philippa trat nahe an Babette heran und schlang die Arme um sie. Sie spürte Babettes Leib wie ein Monument aus Marmor an ihrem Körper und zitterte selbst von Kopf bis Fuß.

Es dauerte eine Weile, bis sie sprechen konnte. Dann flüsterte sie, und ihre Wange lag dabei an Babettes Wange.

«Dies ist aber nicht das Ende, Babette! Ich spüre ganz gewiss, dass dies nicht das Ende ist. Im Paradies wirst du die große Künstlerin sein, die du nach Gottes Willen sein solltest! Oh!», fügte sie hinzu, während ihr die Tränen über die Wangen liefen. «Oh, wie wirst du die Engel entzücken!»

Anmerkungen

Die Bibelzitate in den Anmerkungen sind folgender Ausgabe entnommen: *Die Bibel.* Nach der Übersetzung Martin Luthers, Stuttgart: Deutsche Bibelgesellschaft 1985.

S. 5 *Berlevaag:* Berlevåg (so die heutige Schreibweise), Fischerdorf in der Provinz Finnmark in Nordnorwegen.

vor fünfundsechzig Jahren: die Geschichte spielt 1885. Im Text heißt es: «Babette war vor vierzehn Jahren als ein gejagter Flüchtling an diese Tür gekommen», d.h. 1871 nach den Ereignissen der Pariser Kommune. Der Erstdruck der Erzählung erschien 1950.

Tournüre: ein in der Zeit von 1870 bis 1890 weitverbreitetes Formkissen, das unter dem Kleid über dem Gesäß getragen wurde.

S. 6 *das Neue Jerusalem:* vgl. Die Offenbarung des Johannes (Offb 21,2–27), in der Gottes Engel eine Vision des Neuen Jerusalem als Ort der ewigen Erlösung entwirft.

Sie missbrauchten den Namen des Herrn nicht: vgl. Ex 20,7, Das zweite Gebot: «Du sollst den Namen des HERRN, deines Gottes, nicht missbrauchen.»

ihre Rede war ja, ja und nein, nein: vgl. Mt 5,37, Die Bergpredigt: «Eure Rede aber sei: Ja, ja; nein, nein. Was darüber ist, das ist von Übel.»

S. 8 *wertvoller … als Perlen und Edelsteine:* vgl. Die Sprüche Salomos (Weish 31,10): «Wem eine tüchtige Frau beschert ist, die ist viel edler als die köstlichsten Perlen.»

S. 9 *Löwenhielm:* Adelsgeschlecht aus Småland in Südschweden.

S. 10 *Barmherzigkeit und Wahrheit:* vgl. Die Psalmen (Ps 85,11): «dass Güte und Treue einander begegnen, / Gerechtigkeit und Friede sich küssen».

S. 12 *Königin Sophia:* die deutsche Herzogstochter Sophia Wilhelmine Marianne Henriette von Nassau (1836–1913) heiratete 1857 den späteren König Oskar II. von Schweden und Norwegen.

S. 14 *Deine Barmherzigkeit … Tiefen der Meere:* vgl. Die Psalmen (Ps 36, 6–7): «HERR, deine Güte reicht, so weit der Himmel ist, / und deine Wahrheit, so weit die Wolken gehen. / Deine Gerechtigkeit steht wie die Berge Gottes und dein Recht wie die große Tiefe. / HERR, du hilfst Menschen und Tieren.»

Die Große Oper in Paris: das 1875 eröffnete Palais Garnier ist neben der Opéra Bastille eines der beiden Pariser Opernhäuser.

S. 15 *Lefèvre d'Etaples:* Jacques Lefèvre d'Etaples (ca. 1455–1536), französischer Humanist und Reformkatholik, der die erste vollständige französische Bibelübersetzung vorlegte.

Die Wege des Herrn: vgl. eine Reihe von Stellen im Alten Testament, u.a.: «Die Wege des HERRN sind lauter Güte» (Ps 25,10) und: «Dein Weg ging durch das Meer und dein Pfad durch große Wasser; / doch niemand sah deine Spur» (Ps 77,20).

Der Kaiser und die Kaiserin: Napoleon III. (1808–1873) und seine Ehefrau Eugénie (1826–1920).

Belesprits: frz. «Schöngeister».

Wenn sie am Arm ihres Gesangslehrers … ziehen: vgl. Hans Christian Andersens (1805–1875) Märchen «Unter dem Weidenbaum», in dem es über die Opernsängerin Johanne nach einer gelungenen Vorstellung heißt: «Auf den Straßen draußen scharten sich die Leute um ihren Wagen und zogen ihn …»

«Café Anglais»: Pariser Restaurant, das von 1802 bis 1913 am Boulevard des Italiens / Ecke Rue de Marivaux lag und vor allem in der

zweiten Hälfte des 19. Jahrhunderts für seine hohe Qualität und innovative Kochkunst bekannt war. Vor Blixen hatten das «Café Anglais» schon Jacques Offenbach als Schauplatz in seiner Operette «La vie parisienne» (uraufgeführt 1866) verewigt, literarische Spuren finden sich außerdem bei Honoré de Balzac (u. a. in «Le Père Goriot» oder «Illusions perdues»), Alexandre Dumas («La Dame aux camélias»), Gustave Flaubert («L'Éducation sentimentale»), Émile Zola («La Curée» oder «Nana»), Octave Mirbeau («Le Calvaire»), Guy de Maupassant («Bel Ami» oder «Le Protecteur»), George du Maurier («Trilby») sowie Marcel Proust («À l'ombre des jeunes filles en fleurs»). Im Roman «Fromont jeune et Risler aîné» (1874) von Alphonse Daudet heißt es von den Liebenden Georges und Sidonie: «Nichts etwa ergötzte sie nach der Rückkehr aus dem Theater oder von einem nächtlichen Ausflug ins Boulogner Wäldchen mehr als ein Souper im ‹Café Anglais›, mit dem Geräusche des prunkenden Lasters um sich her.» Und in Jules Vernes berühmtem Science-Fiction-Klassiker «Autour de la Lune» (1870) liest man über die von Küchenmeister Michel Ardan aufgetischte erste Mond-Mahlzeit: «Das Frühstück begann mit drei Tassen vortrefflicher Bouillon, die man durch Auflösung jenes köstlichen Liebig'schen Fleischextrakts gewann, der aus den besten Stücken des Rindviehs der Pampas bereitet wird. Hierauf folgten einige Schnitten mit hydraulischer Presse komprimierten Beefsteaks, so zart und saftig, wie man sie im ‹Café Anglais› in Paris bekommt.»

S. 16 *Zerlinas Partie:* Wolfgang Amadeus Mozarts (1756–1791) Oper «Il dissoluto punito ossia il Don Giovanni» nach einem Libretto von Lorenzo da Ponte (1749–1838) wurde 1787 in Prag uraufgeführt. Zerlina ist ein Bauernmädchen, das kurz vor der Heirat steht. Don Giovanni versucht mehrfach, sie zu verführen, was aber von den übrigen Personen des Stückes verhindert wird.

Beim Duett im zweiten Akt: das Verführungsduett «Là ci darem la mano» («Reich mir die Hand mein Leben») wird bereits im I. Akt, 9. Szene, gesungen. Über Don Giovannis Verführungskünste philosophierte Søren Kierkegaard (1813–1855) in seinem 1843 erschienenen Werk «Entweder – Oder».

Und der armselige Garten dieser Welt: vgl. 1. Mose 3,17, die Vertreibung aus dem Paradies: «Dornen und Disteln soll er dir tragen und du sollst das Kraut auf dem Felde essen.»

S. 19 *wie meine schöne Kaiserin auch – aus Paris flüchten müssen*: Kaiserin Eugénie, de Montijo, die Ehefrau Napoleons III., musste 1871 mit ihrem Ehemann ins Exil nach England gehen.

Dieser furchtbare Bürgerkrieg: in der Folge des Deutsch-Französischen Kriegs 1870/71 kam es zur Bildung der revolutionären Pariser Kommune, die französische Regierungstruppen im Mai 1871 brutal niederschlugen – mindestens siebentausend Menschen wurden getötet.

General Galliffet: der französische General Gaston-Alexandre-Auguste de Galliffet (1830–1909), berühmt-berüchtigt als «Schlächter der Kommune», spielte eine zentrale Rolle bei der Niederschlagung des Pariser Aufstandes.

Christiania: von 1624 bis 1925 der Name von Norwegens Hauptstadt Oslo.

S. 22 *Katechese:* religiöser Unterricht.

S. 24 *Marthas Rolle … bescheidenen Marias:* vgl. Lk 10,40–42, die Geschichte von Maria und Marta: «Marta aber machte sich viel zu schaffen, ihm [Jesus] zu dienen. Und sie trat hinzu und sprach, Herr, fragst du nicht danach, dass mich meine Schwester lässt allein dienen? Sage ihr doch, dass sie mir helfen soll. Der Herr aber antwortete und sprach zu ihr: Marta, Marta, du hast viel Sorge und Mühe. Eins aber ist not. Maria hat das gute Teil erwählt; das soll nicht von ihr genommen werden.»

Der Stein … Eckstein: vgl. u.a. Die Psalmen (Ps 118,22): «Der Stein, den die Bauleute verworfen haben, ist zum Eckstein geworden.»

S. 25 *Pythia:* Priesterin im Apollontempel zu Delphi, die einmal im Monat ihre Orakel verkündete. Die Pythia saß auf einem Dreifuß über einer Erdspalte, austretendes Gas versetzte sie in eine Art Trance.

S. 27 *Hoffmannstropfen:* Mittel aus Weingeist und Äther gegen Übelkeit und Ohnmachten. Benannt nach dem deutschen Arzt und Chemiker Friedrich Hoffmann (1660–1742).

S. 29 *untreue Verwalterinnen:* vgl. Lk 12,42/48: «Der Herr aber sprach: Wer ist denn der treue und kluge Verwalter, den der Herr über seine Leute setzt, damit er ihnen zur rechten Zeit gibt, was ihnen zusteht. (…) Denn wem viel gegeben ist, bei dem wird man viel suchen; und wem viel anvertraut ist, von dem wird man umso mehr fordern.»

S. 36 *Clos Vougeot 1846:* Clos de Vougeot, ein Weinberg des Dorfs Vougeot nördlich von Beaune im Burgund. Der Rotwein ist heute als Grand Cru eingestuft und besitzt eine eigene Appellation. Da in der Geschichte als Jahrgang 1846 angegeben wird, ist Babettes Wein neununddreißig Jahre alt.

«Philippe» in der Rue Mont Orgueil: Rue Montorgueil, Straße im 1. und 2. Pariser Arrondissement. An der Straße lag das Restaurant «Chez Philippe», das für sein hohes kulinarisches Niveau und seine hervorragenden Weine bekannt war.

S. 37 *Die Zunge ... tödlichen Giftes:* wörtliches Zitat aus dem Brief des Jakobus (Jak 3,5/8).

S. 42 *Jerusalem, mein Herzens Heim:* Anfang des englischen Kirchenlieds «Jerusalem! my happy home / Name ever dear to me!».

Ängstige Dich nicht: vgl. Mt 6,25, Die Bergpredigt: «Darum sage ich euch: Sorgt nicht um euer Leben, was ihr essen und trinken werdet; auch nicht um euren Leib, was ihr anziehen werdet. Ist nicht das Leben mehr als die Nahrung und der Leib mehr als die Kleidung?» Blixens Text folgt dem englischen Kirchenlied «Take Not Thought for Food and Raiment».

Gewürm und Steine: vgl. Mt 7,9/10, Die Bergpredigt: «Wer ist unter euch Menschen, der seinem Sohn, wenn er ihn bittet um Brot einen Stein biete? / oder wenn er ihn bittet um einen Fisch, eine Schlange biete?»

S. 44 *Tuilerien ... Winterpalais:* das 1564 erbaute Palais des Tuileries brannte während der Pariser Kommune 1871 nieder. Das an der Newa stehende Winterpalais in Sankt Petersburg, der russischen Hauptstadt von 1712 bis 1918, wurde 1711 erbaut.

S. 46 *mit dem König, der in seinem Leben alles erreicht hatte:* vgl. Der Prediger Salomo (Koh 1,1): «Dies sind die Reden des Predigers, des Sohnes Davids, des Königs zu Jerusalem».

Eitel, alles ist eitel: vgl. Der Prediger Salomo (Koh 1,2): «Es ist alles ganz eitel, sprach der Prediger, es ist alles ganz eitel.»

die ganze Welt für ihn gewonnen: vgl. Mt 16,26: «Was hülfe es dem Menschen, wenn er die ganze Welt gewönne und nähme doch Schaden an seiner Seele?»

S. 47 *den Staub von seinen Reitstiefeln geschüttelt hatte:* vgl. Mt 10,14: «Und wenn euch jemand nicht aufnehmen und eure Rede nicht hören wird, so geht heraus aus diesem Hause oder dieser Stadt und schüttelt den Staub von euren Füßen.»

S. 50 *Hochzeit zu Kana … Kraft des Herrn:* bei der Hochzeit zu Kana verwandelte Jesus Wasser in Wein, vgl. Joh 2,3–10.

Amontillado: trockener oder halbtrockener Sherry, der nach einer Weinregion Andalusiens benannt ist.

S. 51 *Blinis Demidoff:* exklusive russische Vorspeise aus Blinis (Buchweizenpfannkuchen), die mit Crème fraîche und Kaviar serviert werden.

S. 52 *übers Wasser wandeln:* vgl. Joh 6,19: «Als sie nun etwa eine Stunde gerudert hatten, sahen sie Jesus auf dem See gehen und nahe an das Boot kommen.»

Clicquot: Champagner aus der 1772 gegründeten Kellerei Veuve Clicquot in Reims.

S. 53 *wenn er jeden Gedanken an Speis und Trank … aus seinem Bewusstsein verbannte:* vgl. Mt 6,3, Die Bergpredigt: «Darum sollt ihr euch nicht sorgen und sagen: Was werden wir essen? Was werden wir trinken?»

Cailles en sarcophage: Wachteln im Sarkophag, französisches Rezept, bei dem Wachteln, Foie gras und Trüffelsauce von einem Blätterteigmantel umhüllt werden.

S. 54 *Und sie kamen an den Bach Eschkol:* wörtliches Zitat aus Num 13,23.

S. 58 *Gabe der Zungenrede:* Zungenrede oder Glossolalie bezeichnet einen unverständlichen Strom von Lauten, die in religiöser Ekstase hervorgebracht werden.

die Ohren der Schwerhörigen öffneten sich: vgl. Mt 11,5: «Blinde sehen und Lahme gehen, Aussätzige werden rein und Taube hören …»

S. 59 *Tausendjährigen Reiches:* laut der Offenbarung des Joh 20,1–6 ein irdisches Glücksreich, in dem Satan am Ende der Zeit für tausend Jahre gefesselt wird und Jesus herrscht.

S. 60 *all ihre Sünden weißgewaschen wie Wolle:* vgl. eine Reihe von Bibelstellen, u. a. Der Prophet Jesaja (Jes 1,18): «Wenn eure Sünde auch blutrot ist, soll sie doch schneeweiß werden, und wenn sie rot ist wie Scharlach, soll sie doch wie Wolle werden.»

Lancier: älterer französischer Gesellschaftstanz, der mit verschiedenen Melodien in Gruppen zu vier Paaren getanzt wird.

und einen ganzen Tag verschlief: vgl. die Erzählung «Die Siebenschläfer» des dänischen Schriftstellers Johannes V. Jensen (1873–1950) in *Himmerlandsgeschichten*, in der einer Bauernfamilie die Fenster verklebt werden, sodass sie mehrere Tage verschlafen.

S. 62 *Herzog von Morny:* Charles Auguste de Morny (1811–1865), französischer Politiker und Halbbruder Napoleons III.; *Herzog von Decazes:* Élie Decazes (1780–1860), französischer Politiker und zeitweiliger Ministerpräsident; *Fürst Narishkine:* es ist unklar, wer aus der russischen Familie Naryschkin gemeint ist, aber es könnte sich um den hochdekorierten Lewin Alexandrowitsch Naryschkin (1785–1846) handeln, der eine enge Verbindung zum kaiserlichen Hof unterhielt, oder – noch wahrscheinlicher – um Dimitri Iwanowitsch Naryshkin (1812–1866), der in Boulogne-Buillancourt nahe Paris geboren wurde; *General Galliffet:* s. Anmerkung Seite 19; *Aurélien Scholl:* (1833–1902), französischer Schriftsteller und Journalist, der sich intensiv mit Paris und dem Leben in der Stadt befasste; *Paul Daru:* Henri-Paul Daru (1810–1877), adliger französischer Politiker; *Fürstin Pauline:* vermutlich ist die in Österreich geborene Fürstin (Prinzessin) Pauline von Metternich (1836–1921) gemeint, die von 1859 bis 1870 in Paris lebte.

Der Schrei durch die Welt

I

«Durch die Welt geht ein langer Schrei aus den Herzen der Künstler: Gebt mir die Erlaubnis, gebt mir die Gelegenheit, mein Allerbestes zu liefern.»

Dieser Satz aus dem Mund der Meisterköchin Babette Hersant ist einer der Eckpunkte dieser fantastischen Erzählung oder Schicksalsanekdote (beide Bezeichnungen folgen der Terminologie ihrer Autorin). Diese Replik, die Babette in einem Moment der tiefsten Erschöpfung äußert, nachdem sie selbst ihr Allerbestes gegeben hat, ist in sich ein derartiger Schrei, der durch die winzig kleine, abgegrenzte Welt gellt, in der Babette gelandet ist. Ihr Aufschrei ist der Höhepunkt der Erzählung, er wird ganz am Ende ausgestoßen, es ist die Klimax, auf die alles zuläuft und in die alles mündet.

Das vorliegende Buch ist die erste komplette Übersetzung dieser Erzählung ins Deutsche. Karen Blixen (1885–1962) –

im deutschsprachigen Raum besser bekannt als Tania Blixen, doch da ich sie als Skandinavier nur als Karen kenne, bleibe ich hier bei ihrem richtigen Vornamen – gehörte ähnlich wie Joseph Conrad, Arthur Koestler und Vladimir Nabokov zu der kleinen, exklusiven Gruppe von Schriftstellern, die vorwiegend in einer anderen Sprache als ihrer Muttersprache schrieb. In Blixens Fall verfasste sie ihre Geschichte der Meisterköchin Babette zunächst auf Englisch, um ihren Text später selbst ins Dänische zu übersetzen. Als Autorin konnte sie sich bei diesem Verfahren größere Freiheiten erlauben, als es einem Übersetzer gestattet gewesen wäre.

Auf Englisch erschien ihre *Babette* zum ersten Mal 1950, gedruckt im *Ladies' Home Journal* in den USA. Dies ist nicht weiter von Belang, doch zeigt es zweierlei: einmal, wie weltberühmt die Autorin war, zum anderen, dass der Abstand zwischen der sogenannten Hochkultur und der Populärkultur damals geringer war als heute. In unserem Kontext ist es allerdings wichtiger, dass die Übersetzung dieser frühen englischen Version der bislang im deutschsprachigen Raum bekannte Text der Erzählung war. Als Buch erschien die Geschichte ganze acht Jahre später zum ersten Mal auf Dänisch, als Teil des Bandes *Schicksalsanekdoten*. An ihrer *Babette* hatte Karen Blixen 1958 wesentliche Änderungen, vor allem aber Erweiterungen vorgenommen (vielleicht hat sie in der Erzählung aber auch Dinge wieder aufgenommen, die sie acht Jahre zuvor in der Magazinversion hatte streichen müssen, ich weiß es nicht). Wie auch immer, diese spätere dänische Version jedenfalls ist der deutlich reichere, opulentere und weitaus vollkommenere Text. Die Motive und Figuren sind viel genauer gezeichnet, alles ist ziselierter, und die Themen sind reicher ausgeschmückt. Die Unterschiede sind derartig groß, dass man die erste Version mit gewissem Recht als einen Entwurf betrachten kann, eine *Ur-Babette*, während die endgültige, vervollkommnete Version nun also in Ulrich Sonnenbergs ebenso vollkommener und kongenialer Übersetzung vorliegt.

Aber die Editionsphilologie wollen wir ruhen lassen, liebe Leserin, lieber Leser, darüber kann man anderenorts etwas erfahren, wenn man möchte, ebenso wie über Karen Blixens Biografie*. Von nun an wollen wir lediglich Leser und Autor sein oder, nein, besser: zwei Leser in Gesellschaft der großen Erzählung der großen Karen Blixen über die große und die kleine Welt.

2

Jedes Mal wenn ich in einer Zeitung sehe, dass jemand «die zehn größten Schriftsteller der Welt», «die zehn besten Erzählungen der Welt» oder «die zehn Bücher, die du gelesen haben musst, bevor du stirbst» auserkoren hat, blättere ich rasch weiter. Derartige Übungen sind sinnlos, da es selbstverständlich nicht möglich ist, solche Priorisierungen vorzunehmen. Dafür ist die Literatur zu vielfältig und zu reich. Es haben viel zu viele gute Schriftsteller gelebt, und typischerweise endet es damit, dass zum Beispiel ein Roman von Hemingway auf Platz eins landet, vor einem Roman von Dostojewski – und dann geht es los: Die Leser protestieren im Kommentarfeld (was vermutlich beabsichtigt war).

* Tom Buk-Swienty, *Die Löwin. Tania Blixen in Afrika*. Aus dem Dänischen von Ulrich Sonnenberg, München 2021.

Der Gedanke ist absurd: Sollte Beethovens *Schicksalssinfonie* «besser» sein als beispielsweise Mozarts *Jupiter-Sinfonie*? Sollte *Hamlet* «besser» sein als *Faust*? Was macht sie gegebenenfalls «besser»? Man kann derartige Vergleiche und Rankings nicht anstellen, nicht zwischen Kunstwerken, die in sich selbst vollkommen und in ihrer Vollkommenheit eigenständig sind.

Außerdem würden – und das ist noch wichtiger – die Antworten variieren, je nachdem, wen man fragt, und wann. Welche zehn Bücher waren für Sie die wichtigsten, als Sie zweiundzwanzig Jahre alt waren? Ganz bestimmt andere als mit elf Jahren. Oder mit vierundvierzig. Die Antwort hängt also nicht nur davon ab, was Sie alles gelesen haben, sondern vor allem, was Sie angesprochen hat – speziell Sie –, was zu diesem bestimmten Zeitpunkt im Leben wahr und richtig für Sie war. Dieses Problem der Subjektivität ignorieren die Redaktionen, indem sie solche Umfragen nach pseudodemokratischen Prinzipen durchführen, die ja stets so beruhigend sind: Hauptsache, man fragt hinreichend viele Menschen, dann wird sich die Liste schon egalisieren und eine Art höherer Wahrheit herauskristallisieren. Also werden hundert Besserwisser gefragt, und anschließend wird der Durchschnitt ermittelt. Schon hat man eine Liste, die sowohl demokratisch als auch von qualifizierten Experten erstellt ist. Und die wahrhaftig so aussieht wie eine Liste von Pflichtlektüren (also *doppelt* beruhigend).

Es sieht auch verdächtig nach dem Typ von Liste aus, die man aus amerikanischen Selbsthilfebüchern (Zehn Ratschläge für ein effektiveres Leben) und Reiseführern für eilige Europa-Reisende kennt (Zehn Städte, die du in zehn Tagen gesehen haben musst). Auch der Gedanke eines literarischen Kanons ist ursprünglich wohlmeinend amerikanischer Natur (Harold

Bloom) und möglicherweise brauchbar als literarischer Reiseführer für kulturell Ambitionierte, eine glänzende Liste glänzender Bücher, die man unbedingt gelesen haben sollte, wenn man ein glänzender Literaturwissenschaftler werden will, doch als Heiligenkalender verfehlt und absolut unbrauchbar als Schlüssel zum eigenen Literaturverständnis und zur Freude an der Literatur. Inhalt und Umfang eines künstlerisch fruchtbaren, *persönlichen* «Kanons», wenn ein solcher denn überhaupt aufgestellt werden kann, sind gerade nicht statisch, sondern werden von Lebensalter zu Lebensalter variieren, sozusagen von Minute zu Minute, sie sind also das Gegenteil von kanonisch. Ein *vorgeschriebener* Kanon ist das Gegenteil von künstlerisch, da er die Freiheit des Lesers wie des schöpferischen Freiheitsmoments einschränkt.

Und dennoch: Wir erstellen in einem fort Rankings und Listen. Vermutlich können wir nichts dafür. Sollte ich mich trotz aller Vorbehalte also auf dieses Wagnis einlassen, müsste *Babettes Gastmahl* auf meiner Liste der zehn besten Erzählungen der Welt landen. Heute (mit fünfundfünfzig) ebenso wie gestern (mit vierundvierzig), vorgestern (mit dreiunddreißig) und vorvorgestern (mit zweiundzwanzig Jahren). Die Erzählung hat mich begleitet, seit ich sie zum ersten Mal in der Schule las, und ich bin wieder und wieder zu ihr zurückgekehrt. Sie hat das, was wirklich gute Erzählungen auszeichnet, sogenannte ewige Qualitäten – ein großes Wort, das nichts anderes bedeutet, als dass sie so facettenreich ist, dass sie dem Leser in verschiedenen Stadien des Lebens stets etwas Neues zu sagen hat. Die Art der Einsichten, die dem Zweiundzwanzigjährigen mit seiner begrenzten Lebenserfahrung verborgen blieb, dämmert allmählich dem Vierundvierzigjährigen, der bereits einige bittere Seiten des Lebens gekostet hat, um nicht von dem Wermut zu reden, der ständig am Boden der morgendlichen Kaffeetasse des Fünfundfünfzigjährigen lauert, bevor er sich vor dem Spiegel einigermaßen hergerichtet und am Schreibtisch zurechtgeruckelt hat – noch einmal, einen weiteren Tag: *Ars longa, vita brevis.*

«Ach Gott! Die Kunst ist lang, und kurz ist unser Leben» oder, mit anderen Worten: *Babettes Gastmahl* ist genau dies: eine Künstlererzählung. Sie ist – möglicherweise – die eigentliche Künstlererzählung überhaupt.

3

Während ich diese Zeilen schreibe, blicke ich hinaus auf eine unbegreifliche Landschaft, gleichzeitig karg und reich, einladend und abweisend, dramatisch und besänftigend. Vor meinem Fenster erheben sich Berge, spitze Zacken und Zinnen ragen direkt aus der See. Hier ist das irdische Dasein nahezu ausschließlich auf seine elementaren Bestandteile reduziert: Chemie und Physik. Geometrie und Mathematik. Minerale, Gase und Flüssigkeiten, Temperatur und Druck, Licht und Dunkelheit. Obwohl die Temperatur noch immer niedrig ist, geht es laut Kalender dem Sommer entgegen; es ist Mai, die Sonne hat jedes anständige, bürgerliche Benehmen über Bord geworfen, sie macht keinen Unterschied mehr zwischen Tag und Nacht. Wenn Wolken aufziehen, ist es schwierig, mitten am Tag die Himmelsrichtungen zu bestimmen, denn das Licht steht beinahe im Zenit. Ebenso schwierig ist es, die Abstände zwischen den Bergen und ihre Größe zu ermessen, weil ihre Formen anorganische Fraktale sind, einander zum Verwechseln ähnliche, sich wiederholende Formen im Großen wie im Kleinen, so wie die Wirbel in den tief hängenden Wolken, so wie die Muster, die sich im Meer und den Nebelbänken bilden, voller Schnee, der regelmäßig vom Meer hereingefegt wird und eine Weile alles weiß werden lässt. Wie in einer Art Zirkusnummer durchläuft das Wasser innerhalb von Minuten all seine Aggregatzustände. Bevor die Sonne wieder durchbricht und einen weiteren Augenblickswinter dahinschmelzen lässt.

Wenn ich jedoch näher hinsehe, wenn ich (fünfundfünfzig Jahre alt) meine Brille aufsetze, dann sehe ich schließlich etwas am Fuß des Berges, wo die weißgraue Fläche des Meeres auf die schwarzgrüne Wand des Minerals trifft: ein winzig kleines, gelbes, verfallenes Holzhaus. Sofort klären sich Distanzen und Dimensionen. Es sieht beinahe so aus, als stünde das Haus dort, um die Größenverhältnisse anzuzeigen, so wie eine Streichholzschachtel als Maßstab in einem alten Nachschlagewerk dienen kann. Das Haus veranschaulicht, wie groß der Berg und das Meer sind oder, mit anderen Worten: wie klein das Haus selbst ist, und wie noch sehr viel kleiner seine Bewohner sind. Die Bebauung hier ist schmucklos, auch sie ist reduziert auf die bloße Funktion, nahezu frei von jedweder Ästhetik: *Dieses* Haus soll dem Wetter trotzen. *Dieses* Haus soll dem Fischfang dienen.

Vom Grund dieser Landschaft erklingen die ganze Zeit über Vogelschreie. Nicht nur von Möwen, Austernfischern, Dreizehenmöwen, Basstölpeln und Kormoranen, sondern auch von Zugvögeln, die gekommen sind, um den kurzen Polarsommer hier zu verbringen, graubraune Graugänse und kreideweiße Singschwäne.

Ich befinde mich also in Nordnorwegen, genauer gesagt in Vesterålen, nördlich der Lofoten. In einer kargen Fischergemeinschaft, die sich beharrlich zwischen Stein und Wasser an eine ungastliche Küste mit einem reichen Meer klammert. Mit ihren verschobenen Proportionen ist dies Knut Hamsuns Landschaft, ein Reich, in dem alles auf die Spitze getrieben ist, am Rande der Welt und ihrer Normen.

Dies ist auch Karen Blixens Landschaft in *Babettes Gastmahl*, nur dass die Landschaft ihrer Erzählung noch extremer ist. Sie liegt noch weiter nördlich als mein derzeitiger Aufenthaltsort – buchstäblich am Rande von allem.

Am Anfang der Geschichte, an ihrem ersten Eckpunkt, wird der Leser nach Berlevåg geleitet, das an der Außengrenze der bewohnten Welt liegt, so weit entfernt von Zivilisation und urbanem Leben, wie es überhaupt nur möglich ist, ein winzig kleiner Ort in Finnmark, östlich des Nordkaps, jenseits von allem.

Heute leben rund eintausend Menschen in Berlevåg. In der Zeit, in der die Erzählung spielt (1871–1885), waren es noch um einiges weniger. Dieses winzig kleine Städtchen, wenn man es denn so nennen will, liegt in der einsamsten, windigsten und baumlosesten Landschaft, die man sich vorstellen kann. Nach Osten erstreckt sich die arktische Tundra ins Land hinein, nach Russland und Sibirien und weiter bis zur Beringstraße. Zwischen Berlevåg und dem Nordpol gibt es nur eins: offenes Meer.

Zwei der fünf Erzählungen der *Schicksalsanekdoten* Blixens spielen in Norwegen. Das ist auffällig. Die Dänin hatte Norwegen besucht, und sie hatte norwegische Freunde, aber sie war in höchstem Maße Kosmopolitin, daher ist dies keine wirklich befriedigende Erklärung. Vielleicht hat es etwas mit der Tatsache zu tun, dass Norwegen und Dänemark (um George Bernard Shaws Diktum über Großbritannien und die

USA zu paraphrasieren) «zwei Länder sind, die eine gemeinsame Sprache trennt». Norwegen und Dänemark waren über vier Jahrhunderte (ca. 1400–1814) hinweg eine Union, dann wurde Norwegen bis 1905 Schweden zugeschlagen (was auch die Anwesenheit des schwedischen Generals Löwenhielm in der Geschichte erklärt). Die schriftsprachliche Gemeinschaft zwischen Dänemark und Norwegen hat sich bis in unsere Tage einigermaßen erhalten. Natürlich wurden in vierhundert Jahren viele Bänder geknüpft, und für die Oberklasse im kleinen, urbanen Dänemark galt Norwegen als eine Art wildes Abenteuerland, ein ungezähmtes Naturgebiet, eine Arena für tollkühne Taten und Leistungen – in der gleichen Weise wie Afrika und Indien für die Briten (die Dänen haben bis heute eine charmante, romantische Schwäche für alles Norwegische). Ein Nachklang davon könnte die Ursache dafür sein, dass Blixen Norwegen als Kulisse wählte – sie verlegte die Handlung in ein Land, das halb ins Reich der Fantasie gehörte. Dies erklärt vielleicht auch, warum die Topografie des Berlevåg, das Blixen uns erdichtet, sich in wesentlichen Punkten vom tatsächlichen Berlevåg unterscheidet, das zum Beispiel kein Ort «zwischen hohen Bergen» und schon gar nicht ein Fjordstädtchen ist, sondern auf einer Landzunge zur Barentssee liegt. Einen «Berlevaag-Fjord» gibt es daher in der Realität auch nicht.

Als der dänische Regisseur Gabriel Axel Blixens Erzählung verfilmte, hat er die Handlung in eine kleine Gemeinschaft an der westjütländischen Küste Dänemarks verlegt. Das resultierte nicht zuletzt daraus, dass er (typisch) keinen norwegischen Investor für das Projekt fand, das (typisch) 1987 mit einem Oscar für den besten fremdsprachigen Film belohnt wurde. Doch die exakte Lage oder topografische Authentizität sind nicht wirklich entscheidend. Berlevågs Funktion ist doch in erster Linie, als Kulisse zu dienen, als ein Bild des ultimativen Abstands zu allem, als Randzone der Zivilisation. Ein Ort, an dem das Meer auf den Himmel trifft und die Menschen und alles von Menschen Geschaffene vollkommen unbedeutend sind oder durch Abwesenheit glänzen. Langsam verschwinden die Gesellschaft, die Bürgerlichkeit und die Ästhetik, und plötzlich gibt es Platz für Gott. Gott tritt in dieses Vakuum, in die Dunkelheit über den großen Tiefen, er schwebt über den Wassern. Der Winter ist ohne Sonne. Im Sommer scheint die Sonne vierundzwanzig Stunden am Tag.

Orte wie dieser, an denen der Mensch *allein auf dem Herzen der Erde unter dem Himmel steht, durchbohrt von einem Sonnenstrahl*, um es mit Salvatore Quasimodo in seinem vielleicht bekanntesten Gedicht* zu sagen, sind wirklich Gottes Reich auf Erden, der Ursprung des Zungenredens, die Arena der Hellsichtigen und Propheten. Unter solchen Umständen blüht und gedeiht Gott, und mit ihm Gemeinden von Andersgläubigen, Wiedertäufern und Apokalyptikern. Diese Landschaft gehört den Freikirchen und den strengsten lutherischen Pietisten.

Genau solch ein Ort ist dieses Berlevåg, von dem Blixen erzählt. Um das Gedicht von Quasimodo zu vollenden: *Und gleich ist es Abend.*

Dorthin, zu zwei unverheirateten Schwestern, zwei Prophetentöchtern, in genau solch eine Pietistengemeinde, in der ein ärmliches und einfaches Leben im Licht der ewigen Dinge

* Salvatore Quasimodo (1901–1968): *Ognuno sta solo sul cuor della terra / trafitto da un raggio di sole: / ed è subito sera.*

geführt wird, kommt an einem regnerischen Abend im Juni des Schicksalsjahres 1871 ein Zugvogel mit dem Küstenboot. Ein wirklich fremder Vogel. Babette.

4

Lassen Sie uns einen Augenblick innehalten und einen Moment über die äußeren Aspekte der Erzählung nachdenken, die wir gerade gelesen haben.

Wenn es etwas gibt, das wir Schriftsteller mögen, so sind es wohlkomponierte Geschichten. Geschichten, in denen jedes Detail eine Funktion hat, in denen nichts überflüssig ist, in denen jeder Moment dazu dient, die Handlung voranzutreiben oder sie zu beleuchten. *Babettes Gastmahl* ist eine solche Geschichte. Straff durchkomponiert, dicht verwoben, ohne einen losen Faden, keine Längen, nichts, was von der Handlung und dem Thema abschweift. Und trotzdem wirkt die Geschichte, als sei sie locker dahingeworfen, großzügig, als hätte die Autorin sich viel Zeit gelassen und eine große Leinwand für ihren Stoff aufgespannt. Wesentlich sind die drei langen Rückblicke, in denen deutlich wird, wie die Ereignisse der Vergangenheit in den Handlungsfaden der Gegenwart eingreifen. Dies ist – um einen abgedroschenen Begriff zu verwenden – meisterlich gelöst. Sie sind von der anekdotischen Prägung, die Blixens bevorzugte Erzähltechnik war, und nicht ohne Humor, wenn die kleinen und scheinbar trivialen Ereignisse dazu beitragen, das weitaus größere Thema zu beleuchten.

Mit effektiven Strichen umreißt Karen Blixen zunächst die Situation, indem sie sofort in medias res geht, in die Gegenwart der Erzählung, das Jahr 1885. Sie beschreibt kurz den Ort, die beiden unverheirateten, älteren Schwestern Martine und Philippa, ihren verstorbenen Vater, den Propst und Propheten, und die von ihm hinterlassene Gemeinde mit ihren Kontroversen. Und schließlich erzählt sie, die beiden Schwestern haben ein französisches Dienstmädchen, Babette. Dies alles erledigt Blixen auf zwei Seiten.

Danach folgen die beiden Rückblicke auf die Jugend der Schwestern. Sie waren hübsch, aber ehrbar und tugendhaft. Der junge schwedische Offizier Lorens Löwenhielm, keck, aber unstet und träumerisch, erlebt seinen entscheidenden Lebensmoment in den Stuben des Propstes. Vor der innerlichen, herzensreinen Frömmigkeit, die ihn sprachlos werden lässt, muss er kapitulieren. *Es gibt in dieser Welt Dinge, die unmöglich sind.*

Nachdem Martine ihm einen Korb gegeben hat, entscheidet er sich, ein zielbewusster Mann zu werden und aller Schwärmerei, sämtlicher Poesie und jeglichem Aberglauben abzuschwören.

Danach wird Löwenhielm zunächst hintangestellt.

Bei Philippas Verehrer wird länger verweilt, auch er ein Besucher des winzigen Orts: der berühmte französische Sänger Achille Papin, der sich in Philippa und ihre außerordentliche Gesangsstimme verliebt. Paris würde ihr zu Füßen liegen, wenn er nur ihr Talent zur Blüte bringen könnte. Der Kaiser und die Kaiserin würden in die Oper kommen, um sie zu hören – aber damit nicht genug: Auch gewöhnlichen Menschen würde sie Trost und Stärkung bringen, auch den Armen und Unterdrückten. Nach jeder Vorstellung würde man sie mit einem echten französischen Souper im «Café Anglais» feiern, Paris' bestem Restaurant, mit den größten Geistern der Weltstadt an ihrer Seite. Wieder ist die Mondänität nach Berlevåg gekommen – und wieder wird sie abgewiesen. Resigniert verlässt Papin den Ort, gebrochen, weil die Welt niemals diese Künstlerin erleben wird, die Philippa hätte werden können und sollen, seine Nachtigall. (Man denkt hier unweigerlich an Jenny Lind, die «schwedische Nachtigall» [1820–1887], in die Hans Christian Andersen verliebt war; sie kam ebenfalls aus bescheidenen Verhältnissen und wurde weltberühmt.) Doch Achille fährt mit dem ersten Schiff davon, ohne einen arktischen Singschwan in seinem goldenen Bauer mit nach Süden zu nehmen. Er hinterlässt nur Schweigen: *Die Schwestern sprachen kaum über diesen Gast aus der großen Welt. Ihnen fehlten dafür die richtigen Worte.*

Und dann, sechzehn Jahre später, im Schicksalsjahr 1871, kommt Babette Hersant zu ihnen aus diesem Frankreich, das Philippa nie zu Füßen lag. Aus einem Frankreich, das eine verheerende Niederlage gegen Preußen erlitten hat; das Zweite Kaiserreich ist in einer Staubwolke der Dekadenz kollabiert, und die Revolution der Pariser Kommune wurde auf brutalste Weise niedergeschlagen. Das Blut strömte durch die Straßen.

Bei Babettes Ankunft spart Blixen nicht an Effekten: Es ist eine Regennacht, Babette zieht drei Mal am Glockenstrang, sie sieht leichenblass aus und sinkt dramatisch auf die Türschwelle. Danach reicht sie den Schwestern einen Brief von Papin, in dem er sie, diese *guten Menschen*, bittet, dieser obdachlosen Geflüchteten ein Heim zu geben, ihr ein Nothafen zu sein, ein Zufluchtsort. Die Schwestern und wir erfahren, dass Babette Kommunardin ist und sogar verdächtigt wurde, eine Petroleuse, eine revolutionäre Brandstifterin, gewesen zu sein, und dass ihr Mann wie auch ihr Sohn erschossen wurden.

Sie hat alles verloren. Achille selbst beklagt sich über die Vergänglichkeit aller Dinge und darüber, vergessen und ohne Publikum zu sein, aber er fügt hinzu, dass *das Grab nicht das Ende ist*, auch nicht für Philippas ungenutztes Talent: *Im Paradies wird Ihre Stimme wieder zu hören sein! Dort werden Sie singen, ohne Furcht oder Skrupel, so wie es Gottes Wille war, dass Sie singen sollen. Dort sind Sie auf ewig die große Künstlerin, die Sie nach Gottes Willen sein sollten. Oh! Wie Sie die Engel entzücken werden!* Und danach, lakonisch, ganz am Ende, beinahe im Vorübergehen: *Babette kann kochen.*

Das kann sie: Nun folgen die vierzehn Jahre, in denen sie mürrisch, verschlossen und geheimnisvoll den beiden Schwestern zur Hand geht. Schnell lernt sie, *Stockfisch und Brotsuppe* zuzubereiten, schreibt Blixen, aber wir können getrost hinzufügen: auch Berge von Kartoffeln und Tröge voller Steckrübenmus. Kümmerlich und unweltlich. Für die beiden alten Jungfern und ihre inzwischen alt gewordene Gemeinde ist sie indes ein Segen.

Doch nach vierzehn Jahren greift die große weite Welt noch einmal in die kleine ein: Babettes Los wird bei der französischen Lotterie gezogen. Sie hat den Hauptgewinn von zehntausend Franc gewonnen, eine ungeheure Summe. Besorgt vermuten die Schwestern, dass Babette sie nun verlassen wird, da sie doch eine vermögende Frau geworden ist. In diesem Augenblick bittet Babette sie jedoch um einen Gefallen: Sie möchte ihre Dankbarkeit für den gewährten Nothafen zum Ausdruck bringen und ausnahmsweise etwas anderes als Stockfisch und Brotsuppe zubereiten; sie möchte ihnen gern ein echtes französisches Abendessen schenken, wenn das Jubiläum des Propstes gefeiert werden soll. Ihre flehenden Augen blicken *so inständig wie die eines treuen Hundes*. Und ausnahmsweise sieht Babette glücklich aus – als die Schwestern einwilligen.

Dann folgt die prachtvolle Beschreibung, wie die Lebensmittel und Flaschen aus Paris in dem genügsamen, frommen und abstinenten Heim ankommen, erschreckende Dinge (vor allem die Schildkröte). Die Schwestern werden Zeuginnen, wie ihre Küche sich langsam in eine Hexenküche verwandelt. Sie sind vollkommen starr vor Schreck. Der Teufel ist los in dem gottesfürchtigen kleinen Haus.

Eine der Schwestern geht von Gemeindemitglied zu Gemeindemitglied, verzagt darüber, dass sie ein Ungeheuer in ihrem Haus losgelassen haben, ihr kommen die Tränen, dass der Geburtstag ihres lieben Vaters mit einer fremdartigen und gefährlichen Mahlzeit gefeiert werden soll. Der geschickteste Kniff der Autorin besteht darin, dass die Gemeindemitglieder hoch und heilig versprechen, sich nichts anmerken zu lassen und so zu tun, als wäre es nichts Besonderes, was auch immer auf den Tisch kommen mag. Sie wollen kein Wort über das Essen verlieren, sondern sich verhalten, als sei es Stockfisch, zu Gott beten und Choräle singen.

Dann ist der Moment des Abendessens gekommen, und Blixen setzt ihren nächsten phänomenalen Kunstgriff als Erzählerin ein: Lorens Löwenhielm kehrt in die Geschichte zurück. Und zwar in voller Galauniform, ein *Ziervogel* unter den kleinen, grauen und schwarzen Vögeln des Gastmahls, schreibt Blixen. Martines einstiger Kavalier ist in der Zwischenzeit General geworden, ein Weltmann von Format; erneut besucht er das kleine Haus, diesmal jedoch in einem ersten Anflug von altersbedingter Nachdenklichkeit. Ihm kommen Zweifel, seinerzeit die falsche Wahl getroffen zu haben, als er sich gegen seine Träume und gegen die Poesie entschied – die lyrische, künstlerische Ader, die seine Familie von einer echten norwegischen Elfe geerbt hat: Gesichter und Erscheinungen.

Löwenhielms dramaturgische Hauptfunktion in der Erzählung ist dennoch in erster Linie, der Repräsentant eines Publikums zu sein, das Babettes Kochkunst goutiert: Denn als Einziger der Gäste ist er in Paris gewesen! Und dort hat er – sehr richtig – im «Café Anglais» gegessen. Ein Restaurant, in dem ein kulinarisches Genie am Herd gestanden haben soll (ein Genie, obwohl es sich um eine Frau handelte), ein makelloser Künstler.

Damit wird Löwenhielm auch zum Stellvertreter des Lesers. Er weiß (beinahe) all das, was auch der Leser weiß, was den übrigen Gästen aber verborgen bleibt. Und doch weiß er nicht *alles*. Alles weiß nur die Erzählerin.

Und *wir*. Denn Karen Blixen nutzt die sogenannte allwissende Erzählerstimme. Es ist ihre bevorzugte Erzählposition, die eine Weile aus der Mode gekommen war. Ja, die allwissende Erzählerstimme war lange verschrien gewesen und beargwöhnt und von denen verachtet worden, die sich als Experten begreifen.

Dies ist für uns, die wir uns nicht als Experten verstehen, nur schwer einzusehen. Denn wer sollte wohl sonst in einer Erzählung allwissend sein, wenn nicht der Erzähler? Wer sollte wohl der allwissende und mächtige Gott dieser erfundenen Welt sein, wenn nicht derjenige, der sie erschaffen hat? Karen Blixen lässt uns nicht einen Moment darüber im Zweifel, dass ihr Werk Illusionskunst ist. Es sind die Vorstellungen im Inneren des Lesers, die der Wirklichkeit *ähneln*, aber *nicht* die Realität sind. Der österreichische Schriftsteller Christoph Ransmayr hat es einmal sehr klug in einem Gespräch auf der Bühne des Literaturhauses Oslo formuliert: «Noch ist niemand in dem Wort *See* ertrunken.» Das Wort *See* ist nur ein Laut, der für einen Begriff steht, das Wort ruft ein Bild von etwas Nassem in uns hervor. Aber das eigentliche Wort ist knochentrocken und vollkommen ungefährlich.

Dennoch kann eine Erzählung das Gefühl von Realität erzeugen, von Gefahr, Dramatik, davon, dass etwas auf dem Spiel steht. Für eine Schriftstellerin von Blixens Format ist es jedoch keine Frage von Realismus gegen Fabel, sondern es geht um etwas Essenzielles im Wesen der Erzählung selbst: Es gibt etwas wieder, es erschafft etwas wieder, oder es gibt und erschafft etwas Neues. Die Erzählung ist nicht real, aber sie bringt reale Gefühle und Erfahrungen ins Spiel. Es geht um Wirklichkeit, auch wenn es von Unwirklichem handelt. Es ist wahr, auch wenn es seine Wurzeln im Unwahren hat. Es hat der Brutalität der Realität nichts entgegenzusetzen, aber es kann uns vielleicht Lektionen erteilen und zu Einsichten verhelfen, die wir in unserem eigenen Leben gut gebrauchen können, wenn wir den schwierigsten Realitäten begegnen.

Im Fall von *Babettes Gastmahl* funktioniert der Kunstgriff des allwissenden Erzählers auch aus dramaturgischen Gründen ungewöhnlich gut: General Löwenhielms Erstaunen wird zu unserer großen Freude sogar noch größer, als er verblüfft feststellen muss, dass er mit einigen einfachen, naiven Christenmenschen in Berlevåg sitzt, buchstäblich am Ende der Welt, in einer Stube, in der ihm in seiner Jugend Wasser zu den ärmlichen Gerichten serviert wurde – und nun trinkt er den feinsten Amontillado zu einer exquisiten Schildkrötensuppe, bevor er beinahe schockiert zusammenbricht, als *Cailles en sarcophage* serviert werden und sein Nebenmann ihm auf seinen verblüfften Ausruf mit der größten Selbstverständlichkeit antwortet, als sei dies Alltagskost: *Ja, gewiss doch, lieber Bruder. Was sollte es denn sonst sein?*

Ja, was sollte es denn sonst sein? Es sind *Cailles en sarcophage, ja, gewiss doch*, und dazu, *gewiss doch,* der edelste Wein in den Gläsern. Löwenhielm meint allmählich den Verstand zu verlieren. Die karge, niedrige Stube des Pastors hat sich ins «Café Anglais» verwandelt, das Essen ist ebenso raffiniert, ebenso aufwendig, ebenso elegant, ebenso delikat, und der Wein ist der beste, den man für Geld bekommen kann. Aber die übrigen Gäste am Tisch sind sogenannte einfache Menschen. Menschen, die jede Eitelkeit scheuen und alles Jagen nach dem Wind ablehnen, abstinente Gottessucher, treue Lämmer des Herrn, Jünger des Propheten. Es sind einfache, *gute Menschen*, von denen Achille Papin in seinem Brief sprach – die auch Trost in Philippas Stimme haben finden können.

Und nun werden sie, ohne dass sie das, was sie auf ihren Tellern vorfinden, benennen könnten oder wollten – die Worte würden ihnen ohnehin fehlen –, erhöht. Sie empfangen eine weit größere Gnade, als wenn sie zum Altar geschritten wären. Schließlich ist der Altar ein Esstisch mit einer weißen Decke, brennenden Kerzen, Servietten, Schüsseln, Tellern und Trinkbechern. Die Funktion des Altars ist es, ein zweitausend Jahre altes Abendmahl zu wiederholen und dessen großes Wunder immer wieder aufs Neue zu teilen: Mitten auf dem Altar stehen Brot und Wein.

Die Brüder und Schwestern sind wie verwandelt. Sie selbst haben eine Transsubstantiation erfahren. Sie sind Geist geworden.

Dann folgt General Löwenhielms Rede – denn auch er ist verwandelt, vom Geist durchdrungen und begnadet, der Traum und die Erscheinungen kehren zu ihm zurück –, und *er* kann es artikulieren. Etwas ist mit ihm geschehen, und noch mehr geschieht, als die Mahlzeit beendet ist. Er kann mit dem Trost zurück nach Stockholm reisen, dass er immer bei Martine gewesen ist, so wie Peer Gynt immer bei Solveig war. *Er* weiß es, und *sie* weiß es. Er reist, begnadet, nachdem er seine Seele wiedergefunden hat, doch noch immer ohne eine Antwort auf das Rätsel gefunden zu haben, was er gerade gegessen und getrunken hat. Wie konnte ein Festmenü des «Café Anglais» in Berlevåg wiederauferstehen, mit Schildkrötensuppe und allen anderen Zutaten? Die Welt ist doch ein Ort, an dem *unmögliche Dinge geschehen können*.

Auch mit den übrigen Gästen ist etwas passiert: Im Schneegestöber auf dem Heimweg schmelzen lang gehegter Groll und Feindschaft. Die Gemeinde ist wieder bei sich, zumindest für eine Weile, der Geist des Propheten ist wiedergefunden. Gott ist nah, der Sternenhimmel ist nah, die Umarmungen sind noch näher. Abendmahl und Trinkgelage sind unter dem flammenden Nordlicht ineinander verschmolzen.

Aber dieser Abend hat noch mehr zu bieten. Denn nun ist die Zeit für Babettes Rede gekommen. Sie folgt, nachdem die Schwestern schockiert begriffen haben, dass Babette ihr gesamtes Vermögen, die Absicherung für das Alter, die Rückfahrkarte nach Paris, verausgabt hat, nur um sie einen einzigen Abend zu bewirten. Sie sind der Ansicht, dies sei fürchterlich, ja geradezu eine Sünde. Und nun sagt Babette, nun erklärt sie den Schwestern, wer sie tatsächlich ist. Weder ein grauer, an einen Ort gebundener Vogel, ein Singschwan oder ein Pfau, sondern etwas weitaus Edleres, einem Seeadler ähnlich: Sie ist eine große Künstlerin. *Ich bin eine große Künstlerin, Mesdames.* Und eine große Künstlerin, ein großer Künstler wird niemals arm sein, weil ein großer Künstler etwas besitzt, was andere nicht haben und auch niemals verstehen werden. Und dann folgt ihr Satz über den langen Schrei aus dem Herzen des Künstlers, der durch die Welt geht.

5

Das ist Babettes Tragödie: Sie hat auf den Barrikaden gestanden und ist Kommunardin gewesen – aber ihre raffinierte Kunst konnte nur von Kennern und Verschwendern verstanden werden, von den Reichen, den Aristokraten. Sie hat, ohne dass die Erzählung bei Details verweilt, gegen die ungleiche Verteilung des gesellschaftlichen Reichtums gekämpft, der dazu geführt hat, dass nur die Reichen und Privilegierten – die sie *böse und grausame Menschen* nennt, die während der Niederschlagung der Pariser Kommune ihren Mann und ihren Sohn getötet haben – eine ihrer unvergleichlichen Mahlzeiten im «Café Anglais» genießen konnten, wo ein komplettes Menü für zwölf Personen zehntausend Franc kostete. Diese Menschen hat Babette für eine Weile glücklich machen können, darin bestand ihre Kunst. Als sie zur Aufständischen wurde, hat sie also gleichzeitig den Ast abgesägt, auf dem sie saß. Ihre Strafe war, von da an traditionelle nordnorwegische Alltagsgerichte zubereiten zu müssen – aus diätischer Sicht eigentlich eine ausgezeichnete Speise, reich an Omega-3-Fettsäuren, aber seien wir ehrlich: ziemlich fade. In ihrem Exil hat sie Berge von Kartoffeln geschält und gekocht und Fischklößchen geformt, tapfer, ohne sich zu beschweren. Wenn das Winterwetter gegen die Wände hämmerte, hat sie sich um ihre kleinen, liebenswürdigen Gastgeberinnen gekümmert, diese *guten Menschen*, bei denen sie den unerlässlichen

Nothafen gefunden hatte und denen sie so viel schuldet. Ob sie sich nach Hause gesehnt hat? Darüber schweigt die Erzählung. Im Gegensatz zu den langen Rückblicken, in denen einige der anderen Hauptpersonen eine Rolle spielen, gibt uns die Autorin keinen Hinweis, wenn es um Babette selbst geht. Sie ist verschlossen, wie eine Auster oder eine Wachtel im Blätterteig. Babette bleibt ein Rätsel, wie eine Schildkröte in ihrem Panzer. Ihre Erinnerungen sind uns größtenteils nicht zugänglich. Aber wir können getrost davon ausgehen, dass sie sich nach Hause sehnte – zu ihren Freunden, nein, zu ihrem Publikum, ohne das jeder Künstler einsam ist, verloren an der Grenze zur Nichtigkeit.

Die Meisterköchin im Exil ist also selbst eine Aristokratin oder eine Art Halbaristokratin, ohne ihresgleichen um sich zu haben. Ihr sind die Kenner ihrer Kunst abhandengekommen. Es waren *böse und grausame Menschen*, aber es gab nun einmal nur sie. Sie waren ihr Publikum. Doch nun ist das Publikum fort, es ist woanders. Vielleicht hat man Babette vergessen. Sie jedoch hat ihre beiden alten Damen, deren Gemeinde und deren winzig kleinen Ort an der Grenze der Welt. Dies ist ihr potenzielles Publikum. Obwohl sie sich bisher, viele Jahre lang, damit begnügen musste, Fisch und Kartoffeln zuzubereiten. So wie Ovid sein Exil an der Küste des Schwarzen Meeres hat sie ihr Exil ertragen, ohne zu klagen. *Noblesse oblige:* Babette beschwert sich nicht, nicht einen Moment.

In vielerlei Hinsicht ist Babette ein Abbild von Karen Blixen selbst, die mit vollem Namen *Karen Christentze Baronin von Blixen-Finecke, geborene Dinesen,* hieß, von Kindesbeinen an aber *Tanne* genannt wurde. Vornehm geboren und noch vornehmer verheiratet. Während Karen Blixen auf der Welt unter mehreren Namen bekannt ist – Isak Dinesen, Tania Blixen (und unter Pseudonymen wie Osceola und Pierre Andrézel) –, war sie in Dänemark gemeinhin als Baronessen bekannt, die Baronin, ein Beiname, gegen den sie überhaupt nichts hatte (ähnlich wie Scheherazade und andere märchenhafte Bezeichnungen, die sie gern für sich verwendete; auch Norne, Pythia und Sibylle gehörten zu ihren bevorzugten Selbsttitulierungen).

Dass sie Baronin war, verschwieg Karen Blixen keineswegs, obwohl sie nicht adelig geboren wurde. Ihre Familie gehörte einer großbürgerlichen Sippe an, die dem Adel nahestand und mehrfach in diese Kreise eingeheiratet hatte. Nachdem sie sich im Alter von vierundzwanzig Jahren stürmisch und unglücklich in ihren Cousin zweiten Grades verliebt hatte, den überaus kecken Baron Hans von Blixen-Finecke (ein vorzüglicher Reiter und Schwede, ähnlich wie Löwenhielm), beschloss Tanne, ihn zu vergessen und sich einen anderen Mann zu angeln. Sie musste nicht lange suchen – sie heiratete Hans' ähnlich kecken Bruder, seinen Zwillingsbruder mit dem sprechenden Namen *Bror*, schwedisch für Bruder. Auch er ein Baron.

Karen Blixen gehörte der vielleicht letzten Generation ihrer Klasse an, die noch etwas von dem alten, selbstverständlichen aristokratischen Lebensgefühl besaß und durch die Welt schritt, als sei sie ihr naturgegebenes Eigentum, ihr Spielplatz, eine Arena für wunderbare Abenteuer und Großwildjagd mit Tropenhelm und erlesenen Manieren. Mit Shakespeare hätten sie sagen können: *The world is my oyster*. Mit einem völlig selbstverständlichen Gesichtsausdruck, vermute ich, aber nicht unbedingt herablassend, nicht ohne Verantwortung für oder Mitleid mit Menschen, denen es weniger gut ging. Sie *waren* einfach so; in dem Milieu, aus dem Blixen ursprünglich stammte, konnte man sich nicht vorstellen, dass die Welt aus etwas anderem bestehen könnte als aus Herrschaften und Dienern. Auf der einen Seite diejenigen, denen alles gestattet war und die sich mit allen Annehmlichkeiten und Vergnügungen des Lebens verlustieren konnten, und auf der anderen Seite diejenigen, die (am liebsten mit einer gewissen Portion untertäniger Pflichtfreude) den wenigen Auserwählten die Dinge richteten.

Blixen war sich allerdings darüber im Klaren, dass eine derartige Lebensweise und das damit verbundene Lebensgefühl in einer sich rasch verändernden Welt zum Aussterben verurteilt war. Sie wusste sehr wohl, dass die in Klassen aufgeteilte Welt zu gleichen Teilen auf Ungerechtigkeit, Unterdrückung und Ausbeutung aufgebaut war. Das offensichtlichste Symbol des heraufziehenden Klassenkampfes, die Pariser Kommune, die eine so zentrale Rolle in *Babettes Gastmahl* spielt, ist auch in Karen Blixens Jugend ein zentraler Aspekt. Ihr Vater, der Offizier, Jäger, Abenteurer und Politiker Wilhelm Dinesen, den sie zeit ihres Lebens vergötterte (er beging Selbstmord, als Tanne zehn Jahre alt war), war 1871 Augenzeuge der «Tage der Commune», um Brechts Ausdruck zu gebrauchen, und veröffentlichte 1873 ein Buch über seine erschütternden Erlebnisse, als die Utopie in einem Blutbad ersoff, *Paris under Communen (Paris während der Kommune)*.

Bror Blixen, Karens Ehemann, war Großwildjäger und stand vermutlich Modell für einige von Hemingways Protagonisten. Als Brors und Karens Kaffeeplantagen-Abenteuer außerhalb von Nairobi nach vielen Jahren ein Ende fand, hatte sie sich einen Liebhaber genommen, Denys Finch Hatton, auch er (selbstverständlich) Großwildjäger und (selbstverständlich) Adeliger, Sohn des 13. Earl of Winchilsea and Nottingham. Bror Blixen hatte seine Frau bereits kurz nach der Hochzeit mit Syphilis angesteckt und mit der Krankheit und dem Konkurs der Kaffeefarm allein gelassen, als Finch Hatton mit seiner De Havilland Moth 1931 abstürzte und starb. Die Baronin begrub ihren Geliebten in der Nähe ihrer Farm, gab die Unternehmung auf und kehrte zurück nach Dänemark, um Dichterin zu werden.

Dies gehört zu den bekannten, äußeren Fakten ihres Lebens, *bevor* sie ihr schriftstellerisches Werk begann, und sie tat nicht viel, um diese Fakten nuancierter darzustellen. Im Gegenteil, man könnte sagen, sie wurden ein Teil ihres Images, an dem sie seither systematisch arbeitete, um es aufrechtzuerhalten und zu verbreiten.

Ich schaue mir Fotografien der Baronin aus der Zeit ihrer Karriere als Schriftstellerin an, und ich sehe eine Maske. Wenn sie nicht die abgemagerte Sibylle mit Augen wie glühenden Kohlen ist, dann ist sie ein Harlekin mit spöttischem Grinsen. Hinter der unergründlichen Grimasse eines scheinbar interessierten Lächelns der weltberühmten Gesellschaftsdame, eingefangen während einer Unterhaltung, ahnt man ein ausgeprägtes Selbstwertgefühl und einen Siebenmeilenabstand zu ihrem Gegenüber – eine ähnlich leichte Verachtung, mit der Babette die beiden Schwestern in der letzten Szene der Erzählung ansieht. Niemand kann von diesen Fotos, ja nicht einmal von den Schnappschüssen behaupten, sie seien «natürlich». Es sind Inszenierungen, einstudierte Posen, sorgfältig angelegte Masken. Sind sie deshalb unnatürlich? Nein. Die Positur ist Blixens natürliche Form, die Maske ist der Mensch, es ist ihr selbstverständliches Wesen.

In einer ihrer *Daguerrotypier*, ursprünglich als Rundfunkplaudereien über Menschen der Geschichte konzipiert, beschäftigt Blixen sich mit dem vollständigen Mangel an Bequemlichkeit, von dem das Leben der Menschen in früheren Zeiten geprägt war, zum Beispiel auf den Schlössern der Adeligen in der Zeit vor der Französischen Revolution.

Wir können ihre Betrachtungen weiterführen. Wenn wir zum Beispiel Versailles besuchen, wird uns plötzlich klar, wie absolut unangenehm und zum Teil sogar qualvoll es gewesen sein muss, ein derartiges Leben zu führen. Mit harten, unbequemen Möbeln, schweren Kleidern, Pudern und Perücken, Korsetts und Schnürleibchen, Kordeln und Schleifen, drückenden Schuhen, dicken Mänteln, umgeben von neugierigen Blicken, wo immer man sich in den großen, eiskalten Zimmern auch aufhielt; durchgängig unangenehm in all seiner Pracht, mit streng formalistischen Essensritualen, die eine japanische Teezeremonie wie ein ausgelassenes Kaffeekränzchen aussehen lassen. Dazu fehlende oder defekte sanitäre Einrichtungen, bedauernswerte Zahnpflege und sadistische Ärzte mit Blutegeln und Aderlässen, kurzum: ein Dasein frei von jedweder *hygge*. *Hygge* ist ein dänisch-norwegisches Wort, ein Signalbegriff, der in den letzten Jahren seinen Siegeszug um die Welt angetreten hat, nicht zuletzt über die englische Sprache, aber eigentlich unübersetzbar ist. *Cosiness* oder *Gemütlichkeit* deckt nur teilweise diesen von Kerzen beleuchteten Zustand vollständigen Behagens, moderner Funktionalität, Komforts und äußerlichen wie innerlichen Wohlbefindens ab.

Versailles hingegen ist ein Ort ohne *hygge*.

Wie hielten sie es aus?, fragt Blixen in der Rundfunkplauderei. Und dann kommt es: Das war eine Frage, die sich ihnen gar nicht gestellt hat. Für Wohlbefinden und Bequemlichkeit, Komfort und Entspannung, lockere Umgangsformen und vereinfachte Prozeduren, angenehme Sitzpositionen – wir können ergänzen: *hygge* – interessierten sich die Bewohner der damaligen Zeit nicht. Sie hätten nicht einmal die Frage verstanden, noch weniger, dass es sich um ein Dilemma handelte, das auf eine mögliche andere Daseinsform verwies.

Für diese Menschen, schreibt Blixen, ging es um ein ganz anderes Lebensgefühl, bei dem ganz andere Dinge als Bequemlichkeit und Wohlbefinden von Bedeutung waren. Alles drehte sich bei ihnen um Ehre, Pracht, Würde. Und wir können ergänzen: um das, was man *gloire* nannte, ein Wort, das ebenso unübersetzbar in die nordischen Sprachen ist wie *hygge* ins Französische. Dass König Ludwig XIV. sich mit Anfang zwanzig sämtliche Zähne ziehen ließ (die vollkommen gesund und ohne Löcher waren) – *alle zusammen auf einmal und ohne Betäubung* –, erscheint uns heute unbegreiflich. Bis man liest, dass sein Leibarzt, eine so groteske Figur, dass Molière sie erdichtet haben könnte, nicht nur die merkwürdige Auffassung vertrat, dass alle menschlichen Krankheiten ihren Ursprung in den Zähnen haben, sondern außerdem dem König schrieb (als dieser bei dem Gedanken zögerte, sich alle Zähne ziehen zu lassen), dass die *gloire* Seiner Majestät gleichbedeutend sei mit der Gesundheit Seiner Majestät. Gegenüber solch einem unwiderlegbaren Argument kapitulierte der König, und es wurden ihm alle seine Zähne gezogen (unglücklicherweise zusammen mit einem Teil seines Gaumens, aber das ist eine andere Geschichte, die zu den Nasallauten der französischen Phonetik und den samtweichen *sauces veloutées* der gallischen Küche führt).

Wie auch immer, ich verstehe Blixens Pointe so: Für einen solchen Menschen mit einem derartigen Selbstwertgefühl waren Schmerz und Unbehagen ein sehr niedriger Preis, um die richtige Positur einzunehmen und die Façon zu wahren. *La bella figura*, die vollkommene Maske aus Ehre, Pracht und *gloire* – obwohl nicht von irgendeiner bestimmten Pose oder Figur die Rede war, die Maske hing unmittelbar mit dem inneren Menschen zusammen, sie waren eins. Es ist der gleiche Zusammenhang zwischen dem äußeren und dem inneren Menschen, die gleiche selbstverständliche Würde und die gleiche angeborene Verantwortung, die Blixens Zeitgenosse Giuseppe Tomasi di Lampedusa (1896–1957) bei der Hauptperson seines Romans *Der Leopard* schildert. Durch den Adligen Don Fabrizio wird auf tragische Weise deutlich, warum diese Qualitäten in einer neuen und ehrgeizigen Epoche rund um Italiens Einheit (1870, ein Jahr vor der Pariser Kommune) verloren gehen mussten. Der Autor war selbst der letzte Fürst von Lampedusa und empfand sein Thema geradezu körperlich, um nicht zu sagen durch sein eigenes Blut. Wie gesagt: ein Lebensgefühl und eine Lebensform. Inzwischen ausgestorben.

Die Baronin war auch eine Aussterbende, und sie wusste es. Nicht nur ihre tatsächliche Krankheit, die Syphilis, hatte sie viele Jahre lang ausgezehrt; sie gehörte der Vergangenheit an und lebte in der Vergangenheit.

In dem eher egalitären Dänemark der Nachkriegszeit war sie eine geliebte Künstlerin, nahezu eine Artistin, sehr populär und bewundert, eine faszinierende Frauengestalt, aber dennoch: ein Anachronismus.

6

Auch als Dichterin sieht Blixen sich als Repräsentantin einer früheren Lebensform, eines ganz anderen, autonomen Künstlertypus, auch als eine Art Ausnahmemensch, als ein Individuum, das sich erlauben kann, was andere sich nicht erlauben können, und dies lebte sie im Guten wie im Schlechten in hohem Maße aus (es war definitiv *nicht* leicht, sich in ihrer Nähe aufzuhalten). Auch hier verpflichtet der Adel selbstverständlich – ein solcher Künstler muss vieles ertragen und viel erleiden können –, aber die *gloire* der Kunst ist das hehre, das endgültige Ziel, das einzige Ziel. Blixen ist hier loyal gegenüber dem Kind, das sie einmal war, der kleinen Tanne, die ihren Vater verloren hatte und anfing, im Reich der Vorstellungen zu leben. Die Welt soll sich nach ihrer Fantasie richten, nicht umgekehrt.

Sie ist eine Befürworterin der vollständigen künstlerischen Freiheit und der totalen Freiheit des Künstlers, auch wenn er etwas Unangenehmes unternimmt, etwas Anstößiges ausspricht. Inzwischen werden ja sogar Künstler der *Vergangenheit* gern nach moralischen und politischen Standards beurteilt, die sie nicht einmal kannten; selbst unseren Klassikern droht heute wie nie zuvor die Gefahr, verdammt zu werden.

Selbstverständlich ist auch Karen Blixen solch einer inquisitorischen Verurteilung *post mortem* ausgesetzt, sie wird durch die Optik moderner Brillengläser gemustert, die auf raffinierte Weise geschliffen sind, sodass alles, was durch sie betrachtet wird, polarisiert: Entweder ist etwas repressiv oder eben nicht repressiv. Für manch einen oder eine ist es der alleinige Maßstab, mit dem Literatur und Kunst beurteilt werden: Inwieweit könnte sich jemand von etwas gekränkt fühlen oder nicht. Ethnie, Geschlecht, Klasse und Veranlagung sind die einzigen Referenzbereiche, die als gültig anerkannt werden (oder die man überhaupt kennt, seit Kränkungen und Entrüstungen die einzigen Gefühle zu sein scheinen, die stark genug sind, um die Empfindungslosigkeit unserer modernen Seelen zu durchdringen). Es zeigt sich sehr schnell, dass das Allermeiste aus der Vergangenheit diesen Ansprüchen nicht standhält. War beispielsweise Blixens Schilderung der Menschen in Kenia möglicherweise von Stereotypen geprägt? Ja, sicher, wenn man genau hinsieht. Zweifellos war sie paternalistisch oder, vielleicht besser: maternalistisch. Vergleicht sie nicht an einer Stelle einen treuen Diener mit einem treuen Hund? Ja, so wie sie in *Babettes Gastmahl* den General mit einem Goldfasan und Babette selbst mit einem … wieder mit einem treuen Hund vergleicht.

War Blixen somit eine Rassistin? Selbstverständlich nicht. Weder bei Kenianern, Franzosen oder Schweden. Der ideologische Rassismus kolportiert unschuldige Klischees im Dienste des Hasses, er pervertiert unsere angeborene Neugierde und unser natürliches Gefühl von Diversität. Keine Haltung könnte Karen Blixen fernerliegen. Der strukturelle Rassismus liegt, wie das Wort schon sagt, in übergeordneten, häufig unsichtbaren Strukturen, die man einem einzelnen Individuum in seinem Zeitalter im Nachhinein nicht ohne Weiteres persönlich vorwerfen kann, auch nicht, wenn es um semantischen Rassismus geht (das heißt: sprachliche Klischees).

Blixen hätte überhaupt nicht verstanden, was wir mit dem Begriff «politisch korrekt» meinen, da die Kunst in ihren Augen künstlerisch richtig und menschlich wahr sein konnte, aber korrekt kann und soll sie nicht sein (ebenso wenig, wie sie sich auf einer Skala von eins bis zehn bewerten lässt). Ihr

Lebensmotto während ihrer Zeit in Afrika (sie hatte insgesamt vier Lebensmottos, nach ihren jeweiligen Lebensphasen, aber wir begnügen uns mit diesem) lautete auf Altfranzösisch *Je responderay*. Sie hatte es dem schottischen Wappenschild der Finch Hattons entnommen, und man kann es nicht nur als «Ich werde antworten» interpretieren, sondern auch als «Ich werde Verantwortung übernehmen». Verantwortung zu übernehmen für das, was man tut und sagt, ist eine bessere Antwort auf die Vorwürfe der Welt und das Gefühl, benachteiligt zu sein, als zu schweigen oder sich selbst zu zensieren.

Die norwegische Schriftstellerin Sigrid Undset – die im Gegensatz zu Blixen tatsächlich den Nobelpreis bekam* – schreibt an einer Stelle: «Sitten und Gebräuche wandeln sich sehr, ganz wie es die Zeit erduldet und der Glaube der Menschen sich verändert, und sie denken anders über viele Dinge. Doch in den Herzen aller Menschen verändert sich in allen Tagen nichts.»

Ob es tatsächlich so ist? Fest steht, dass wir gegen unsere Instinkte und Bedürfnisse ankämpfen – und ihnen immer wieder nachgeben. Wir veredeln sie und erhöhen sie zur Raffinesse. Wir können sogar das Stillen unserer Bedürfnisse zu Kunst werden lassen. Aber nicht alle verstehen oder schätzen die Kunst. Es ist eine gewisse Grundlage nötig, eine gewisse

* Die meisten, die den Literaturnobelpreis verdient hätten, bekommen ihn natürlich nie, auch Blixen nicht, aber es ist schon paradox, dass bis zum Jahr 2000 nur neun Frauen diese Auszeichnung erhalten hatten, seit der Preis 1901 zum ersten Mal vergeben wurde: Lagerlöf (1909), Deledda (1926), Undset (1928), Buck (1938), Mistral (1945), Sachs (1966), Gordimer (1991), Morrison (1993) und Szymborska (1999) – aber achtundachtzig Männer.

Bildung, damit man sie verstehen und wertschätzen, sie genießen kann. Nicht alle haben dieses Fundament. Die Frage in *Babettes Gastmahl* ist eigentlich: Können allen Menschen diese Grundlagen zuteilwerden?

Zehn Jahre war ich in der glücklichen Situation, eine Nebenbeschäftigung als Restaurantkritiker bei der größten Zeitung Norwegens auszuüben. Da wurde die Frage jedes Mal aufs Neue relevant. In diesen Jahren geschah es (immer häufiger, als die kulinarische Entwicklung endlich auch in unserem kargen Königreich erfreuliche Fortschritte machte), dass der Rezensent ein Lokal besuchte, in dem ein wirklicher Künstler am Herd stand, wo das Handwerk seine Grenzen transzendierte und jedes Gericht zum Kunstwerk wurde. Die Raffinesse war auf die Spitze getrieben, Teller um Teller kam mit so geschmeidigen Kreationen auf den Tisch, dass man als Gast vor Genuss safrangelbe Augen bekam. Und selbstverständlich schrieb man darüber. Und ebenso selbstverständlich tauchten im Kommentarfeld der Onlineausgabe der Zeitung, die das Blatt freundlicherweise eingerichtet hatte, die Kommentare auf. Einzelne Kommentatoren waren einer Meinung mit dem Rezensenten oder neidisch (verständlicherweise) – doch der Kommentar, der *immer* kam, lautete ungefähr so: «Das ist doch nur affektiertes Gehabe und Humbug, snobistischer Schwindel, überteuerter Betrug für die Oberschicht!! ESSEN IST ESSEN. Nein, gebt mir Fischklößchen mit weißer Soße und Kartoffeln, Beefsteak mit Pommes frites und lasst mich anständig satt werden! Ich würde lieber STERBEN, als in einem solch stinkvornehmen Scheißladen mein Geld zu verschwenden!!!»

Zweifellos. Glücklicherweise wird kein Zwang ausgeübt, sodass der Tod keine naheliegende Option war. Doch das

Argument ist unschlagbar, zumal es nicht nur ein Zirkelschluss, sondern darüber hinaus auch unwiderlegbar ist: *Ich bin so froh, dass ich kein Malzbier mag, denn das schmeckt mir nicht.* Also mit anderen Worten: Über das, was ich nicht mag, musst du mir nichts erzählen, weil ich es nicht mag. In erweitertem Sinn bedeuten solch fehlgeleitete Syllogismen: Ich werde nicht einmal versuchen, etwas zu verstehen, da ich es schon jetzt nicht verstehe. Oder wie es der Paragraf 10 des *Jante-Gesetzes* des dänisch-norwegischen Schriftstellers Aksel Sandemose formuliert: «Du musst nicht glauben, dass du *uns* etwas beibringen kannst.»

Man kann nämlich tatsächlich nicht schlüssig dafür argumentieren, dass ein künstlerisches Erlebnis irgendeinen Wert hat. Das Erlebnis an sich muss einen davon überzeugen. Also müssen zwei Bedingungen erfüllt sein: erstens, dass man überhaupt für das Erlebnis bereit ist, und zweitens, dass man sich mit einer gewissen Offenheit, einem gewissen Wohlwollen, mit Unvoreingenommenheit und Vorurteilslosigkeit darauf einlässt.

Und dies veranschaulicht Blixen auf die eleganteste Weise am ersten Höhepunkt der Erzählung: der eigentlichen Mahlzeit. Das Flüchtigste, das sich denken lässt, ein Kunstwerk, das verzehrt und dabei genossen wird, unwiederholbar, sublim in seiner kurzen, rasch abkühlenden Existenz zwischen Topf und Gaumen. Und selbst diejenigen, die keine Worte dafür haben, die sogar beschlossen haben, das Essen nicht zu kommentieren, sondern sich über das Erlebnis zu erheben und nur an nichtweltliche und nichtsinnliche Dinge zu denken, können sich der Erfahrung nicht entziehen, dass das Kunstwerk durch all ihre Sinne zu ihnen spricht und etwas mit ihnen anstellt; ihr frommes Gelöbnis ist letztendlich nicht zu halten, ebenso wenig wie Hunger und Durst von uns ignoriert werden können, solange wir leben. *Gottes* sind die Sonne und die Sterne, die Elemente, die Chemie und die Physik, die fernen, strengen und objektiven Dinge, *wir* aber leben in einem Körper. Und wir besitzen etwas darin, etwas Flüchtiges und Zugvogelartiges, das in uns bebt und schreit: eine Seele.

7

An dieser Stelle muss allerdings eingeschoben, ja betont werden, dass *Babettes Gastmahl* keine Erzählung übers Essen ist. Es ist *keine* Erzählung über die Kochkunst. Allerdings ist es eine weitverbreitete Vorstellung, dass es in dieser Geschichte genau darum geht.

Wenn die Leute an Blixens Geschichte denken, die sie irgendwann einmal gelesen haben, sehen viele einen überbordenden Tisch mit ausgesuchten Gerichten vor sich und meinen sich zu erinnern, dass die Speisen einen ebenso großen Raum in der Erzählung einnehmen wie in ihrer Erinnerung (vielleicht spielen die opulenten Szenen aus Gabriel Axels Verfilmung hier eine gewisse Rolle). Bei genauerer Lektüre des Textes merkt man jedoch, dass dies nicht der Fall ist. Karen Blixen benennt nur drei Gerichte, nämlich die Buchweizenpfannkuchen mit russischem Kaviar *(Blinis Demidoff)*, Schildkrötensuppe und (vermutlich) in Blätterteig gebackene Wachteln *(Cailles en sarcophage)*. Das ist alles. Keine Details über die Suppe und das Geflügel. Blixen beschreibt durchaus, dass Babette bis nach Christiania (wie Oslo damals noch hieß) reist, um sich die Zutaten zu beschaffen, dass sie die Waren aus Paris zugeschickt bekommt, dass sie tagelang arbeitet und hinterher vollkommen erschöpft ist, aber die eigentliche Zubereitung und das Menü streift die Autorin lediglich.

Die Mahlzeit ist auf mehr als eine Weise ein Schwachpunkt der Erzählung. Zehntausend Franc hatten 1885 in etwa dieselbe Kaufkraft wie fünfzigtausend Euro heute. In einem erstklassigen Pariser Restaurant dieser Zeit war das Küchenpersonal riesig, im Speisesaal gab es Heerscharen von Kellnern, Sommeliers und Oberkellnern, dazu kamen Garderobenfrauen, Türsteher, Küchenjungen und Putzfrauen – und alle wollten ihren Lohn, ganz zu schweigen vom Profit des Restaurantbetreibers. Das Restaurant musste zudem Miete, Strom, Gas und Heizung bezahlen, dazu kam der Einkauf der besten Zutaten. Eine komplette Mahlzeit konnte also durchaus eine Stange Geld kosten – vorausgesetzt, sie bestand aus mehreren Gängen (sieben oder zwölf Gänge waren die übliche Anzahl), und es wurden teure Weine kredenzt.

Aber zehntausend Franc? Zum Vergleich, ein zwölfgängiges Menü bei Alain Passard im «Arpège» in Paris kostet heute circa siebenhundert Euro pro Person, Getränke inklusive. Es ist eines der teuersten Restaurants der Welt (aber jeden einzelnen Cent wert!). Für zwölf Personen wären es rund achttausendvierhundert Euro. Legt man noch Trinkgeld drauf und hat man etwas besonders Gutes im Glas gehabt, könnte man die Rechnung vielleicht noch auf zehn- bis zwölftausend Euro hochtreiben. Aber selbst damit sind wir immer noch weit entfernt von fünfzigtausend Euro, die den zehntausend Franc entsprechen, jener Summe, die Blixen nennt.

Aber nun denn, sagen wir, eine derartige Mahlzeit für zwölf Personen hat damals zehntausend Franc gekostet. Wohlgemerkt: in Paris. Im besten und teuersten Restaurant der Stadt. Im Berlevåg der Erzählung arbeitet Babette indes allein, abgesehen von einem Schiffsjungen, den sie als Küchenhilfe angeheuert hat. Sie bekommt keinen Lohn, sie bezahlt keine Miete, und sie hat keine Heizkosten. Und sie hat die Waren zum Einkaufspreis bezogen, obwohl sie natürlich zusätzliche Kosten durch den Transport aus Paris hatte. Die variablen Kosten waren hier also weitaus niedriger als im «Café Anglais», obwohl sie dasselbe Menü serviert. Denn nicht die Zutaten sind für die Preise in einem teuren Restaurant verantwortlich, sondern die Sachkenntnisse. (Denken Sie das nächste Mal daran, lieber Leser, wenn Sie der Meinung sind, es sei zu teuer.) Aber die Mahlzeit der Geschichte hat noch immer zehntausend Franc gekostet, so viel wie im Restaurant, und anschließend ist Babette pleite. Die Logik geht also nicht auf.

Und noch etwas Weiteres ist nicht so ganz schlüssig: Warum lässt sie die Wachteln den weiten Weg aus Paris kommen? Wachteln gibt es auch in Norwegen. Den russischen Kaviar hätte sie ganz einfach aus Murmansk beschaffen können, das nicht weit von Berlevåg entfernt liegt. Und warum eigentlich Wachteln? Und warum russischer Kaviar? Zwar war die Kochkunst, wie bereits erwähnt, im damaligen Norwegen tatsächlich eine nüchterne Angelegenheit, und so wird es auch im Kapitel *Das alltägliche Leben* beschrieben, doch das ist eine Alltagswahrheit. Denn Babette lebt in einem Überfluss an Naturalien, in einem Füllhorn exquisiter Rohwaren. Also, warum nicht Schneehuhn statt Wachteln? Warum nicht köstlichen Lachsrogen statt Ossietra-Kaviar? Direkt vor dem Küchenfenster des kleinen gelben Hauses hat sie unmittelbaren Zugriff auf viele weitere arktische Delikatessen wie Rentier, Haselhuhn und Schneehase, Atlantischen Lachs, Gebirgsforelle, Kaisergranat und Skrei, Kabeljauzungen, Heilbutt, Hummer, Eismeerkrabben, Taschenkrebse und

Miesmuscheln, Seeigel, Scheiden- und Herzmuscheln sowie Moltebeeren. Alles ausnahmslos günstig oder sogar umsonst. In Wirklichkeit hätte ein Pariser Meisterkoch, der vierzehn Jahre in der Nähe solcher Rohwaren lebt, diese entdeckt und genutzt.

Wenn Blixen daher nur wenige Worte für die Details der eigentlichen Mahlzeit findet, gehe ich davon aus, dass sie es absichtlich im Vagen belässt, weil sie geahnt hat, dass dies ein Schwachpunkt ist. Zu viele Details könnten die Aufmerksamkeit des Lesers auf ein eventuelles Versagen in der grundlegenden Prämisse der Erzählung lenken und damit die Illusion zerstören – und Blixen war, wie gesagt, eine Illusionskünstlerin. Es ändert schließlich nichts an der eigentlichen Pointe der Erzählung, die eben keineswegs in der Mahlzeit besteht. Denn diese Geschichte ist nicht realistisch, sie ist allegorisch.

Als Titel der endgültigen dänischen Version wählte Karen Blixen *Babettes Gastmahl*. Die erste, englischsprachige Fassung hieß *Babette's Feast*, also *Babettes Festmahl*. Die Entscheidung für den endgültigen Titel mit dem Wort *Gastmahl* und seinem sokratischen Echo ist keineswegs zufällig. Es ist nicht irgendeine Festmahlzeit, es wird nicht irgendein zufälliges Gelage beschrieben.

Nicht das Essen, nicht seine Zubereitung, nicht die Gerichte und nicht der Preis der Mahlzeit stehen im Zentrum. Es sind die *Gäste*. Die Menschen und ihre Verwandlung. Sowie die große Künstlerin und ihr Drang, zu schaffen, ihre Pflicht, das Geschaffene zu teilen, es zu verschenken.

8

Wie Babette befindet Blixen sich in einer Art Zwischenposition. Sie gehört sowohl der neuen als auch der alten Welt an. Inmitten der Moderne ist sie altmodisch und im Altmodischen modern. Ein Anachronismus. Und mit der großen Weitsicht des Anachronen versteht sie beide Welten, beide Epochen und mit ihnen die Menschen, die sie bevölkerten und bevölkern. Auch in diesem Punkt ähnelt sie dem Fürsten von Lampedusa. Sie hat ihre Sympathien, nimmt aber keine ideologisch gefärbte Haltung ein. Sie erlaubt sich keine verbissenen Kämpfe und macht sich nicht zur Fürsprecherin einer bestimmten Politik. Sie *erzählt*. Sie ist Erzählerin. Das ist ihre Position und ihre Realität, ihre Ideologie und ihre Weltsicht. Karen Blixens großes Anliegen ist es, dass es den Menschen, diesem merkwürdigen kleinen Gewürm in der Gewalt von Elementen und Instinkten, diesen sonderbaren Brüdern und Schwestern mit ihren Zeremonien, ihren Bekenntnisbarrieren, ihren Streitigkeiten und ihren pedantischen Umgangsformen, dass es all diesen seltsamen Wesen gut geht, wenn sie einander und die Welt gut behandeln und sich mit Wohlwollen betrachten – man könnte sagen: mit Großmut.

Hier erkennen wir das Gebot der Nächstenliebe, das durch *Babettes Gastmahl* hindurchschimmert. Das Gastmahl in Athen und das Abendmahl in Jerusalem haben sich gefunden, sind eins geworden. Papins Wort von den *guten Menschen* in seinem Brief, von denen Babette hoffentlich aufgenommen werden wird, verschmilzt mit seiner Hoffnung auf die Belohnung, der einzigen Belohnung, die ein Künstler jenseits des Grabes erwarten kann – den Satz, den Philippa Babette gegenüber wiederholt, die ihnen an diesem Abend das Allerbeste geschenkt hat, was sie zu geben hat, weil ihr erlaubt wurde, ihr Allerbestes zu geben: *Oh, wie wirst du die Engel entzücken!*

Dies ist die Erzählung von Babette Hersant, einer großen Künstlerin. Es ist die Erzählung über die *unheilbare Einsamkeit der Seele*, um ein Wort des schwedischen Dichters Hjalmar Söderberg zu zitieren, darüber, wie weit der Weg von Seele zu Seele sein kann. Und darüber, wie es der Kunst in seltenen, glücklichen Augenblicken vergönnt ist, eine Brücke zwischen ihnen zu schlagen.

Bø in Vesterålen, Mai 2021
Erik Fosnes Hansen

Aus dem Norwegischen von Ulrich Sonnenberg

Editorische Notiz

Die Neuübersetzung folgt der dänischen Ausgabe:

Karen Blixen: *Skæbne-Anekdoter*. 1. tekstkritiske og kommenterede udgave, sat efter 1.-udgaven, 1958 (1. textkritische und kommentierte Ausgabe, gesetzt nach der Erstausgabe 1958), Kopenhagen 2020, Gyldendal & Det Danske Sprog- og Litteraturselskab. Darin enthalten: «Babettes gæstebud», Seite 25–58.

Der Übersetzer dankt Det Danske Sprog- og Litteraturselskab sehr herzlich für das Recht zur Nutzung des Kommentars der dänischen Ausgabe.

Inhalt